KB094874

변혁 1990

1990

17

천지무천 장편소설

FUSION FANTASTIC STORY

변혁 1990 17권

천지무천 장편 소설

초판 1쇄 찍은 날 § 2016년 2월 25일
초판 1쇄 펴낸 날 § 2016년 3월 3일

지은이 § 천지무천
펴낸이 § 서경석

편집책임 § 한준만

펴낸곳 § 도서출판 청어람
등록번호 § 제1081-1-89호
등록일자 § 1999. 5. 31
어람번호 § 제1-2365호

주소 § 경기도 부천시 원미구 심곡2동 163-2 서경B/D 3F (우) 14640
전화 § 032-656-4452 팩스 § 032-656-4453
http://www.chungeoram.com
E-mail § chungeorambook@daum.net

ISBN 979-11-04-90667-1 04810
ISBN 978-89-251-3388-1 (세트)

변혁
1990

천지무천 장편소설

17

FUSION FANTASTIC STORY

Contents

Chapter 1

　쇼린은 나와의 만남을 가진 다음 날 러시아 정부가 가진 알로사 지분 30%에 대한 공개입찰을 공식적으로 발표했다.

　입찰 자격은 예상했던 것보다 조건이 까다롭지 않았다. 그 결과 평소 알로사에 관심을 가졌던 상당수의 기업이 입찰에 참여할 수 있었다.

　나는 그에 발맞추어 사하공화국의 지분 인수와 관련된 정보를 시장에 흘렸다.

　사하공화국과 지분 인수 협상이 원만하게 이루어지지 않았다는 이야기였다.

이 소문은 러시아 정부의 공개입찰과 맞물려 빠르게 퍼져 나갔다.

만약 소문이 맞는다면 이번 공개입찰의 승자가 알로사를 완전히 가져갈 수도 있었다.

사하공화국의 슈티로프 대통령이나 정부 관계자는 그와 관련된 소문에 대해 어떠한 코멘트도 하지 않았지만 사실로 여겨지는 분위기였다.

모스크바 붉은 광장을 볼 수 있는 호텔에서 한 사내가 드비어스의 오펜하이머 회장이 보고를 받고 있었다.

오펜하이머는 잠시 런던으로 돌아갔다가 다시 공개입찰을 위해서 모스크바를 찾았다.

"4개의 러시아 기업과 미국의 2개 기업, 그리고 일본과 프랑스의 기업이 알로사 입찰에 최종적으로 참여했습니다."

"그럼 우리와 강태수까지 합하면 열 개의 회사가 되는군."

"예, 저희가 예상했던 것보다 2배 정도 늘어났습니다."

"인수 가격이 많이 올라가겠군. 예상 가격은 얼마나 되지?"

"적어도 5억 달러 이상은 적어 내야 승산이 있을 것 같습니다."

"오히려 공개입찰을 요구한 것이 지분 가격을 잔뜩 올려 놓고 말았어."

"쇼린은 공개입찰보다는 제한적인 공개입찰을 추진했었습니다. 저희도 사실 제한입찰을 유도하며 로비를 펼쳤습니다."

"할 수 없는 일이지. 쇼린이 장난질을 한 것이지만 우리의 의견을 받아주었으니까. 어중이떠중이들이 모여들어도 결국 인수할 수 있는 여건을 갖춘 회사는 몇 개 되지 않으니 걱정할 건 없다. 사하공화국의 지분은 소문처럼 강태수가 가져가지 못한 건가?"

"예, 그게 사하공화국 관계자들은 어떤 말에도 대답하지 않고 있습니다. 하지만 분위기가 심상치 않은 것은 사실인 것 같습니다. 강태수가 사하공화국에 약속했던 일과 관련된 인물들이 모두 모스크바로 철수했다고 합니다."

사내의 말처럼 현지 조사와 측량 작업을 했던 기술자들 모두가 모스크바로 철수하듯이 돌아갔다.

"협상이 잘못되긴 했나 보군. 슈티로프 대통령과 면담은 잡아났나?"

"예, 내일 이곳에서 만나기로 했습니다."

사하공화국의 슈티로프 대통령은 현재 모스크바를 방문 중이었다.

"내일 슈티로프를 만나보면 확실히 알 수 있겠지. 알로사를 인수하면 앞으로 우리에게 대항할 수 있는 카드를 가진 기업은 20~30년 동안에는 나타나지 못해. 아니, 어쩌면 백 년이 될 수도 있겠지."

알로사가 소유하고 있는 다이아몬드 채굴권과 광산들을 소유하면 내전과 쿠데타가 빈번하게 발생하여 불안한 형태로 달려가고 있는 아프리카 광산들을 충분히 대체할 수 있었다.

드비어스 연합 광산회사의 주요 공급지였던 아프리카 광산들 중 남아프리카공화국과 보츠와나를 제외한 시에라리온과 콩고, 라이베리아, 앙골라, 소말리아 등의 나라들에서 쿠데타로 인한 내전 조짐과 불안한 정국을 나타내고 있었다.

더구나 시간이 지날수록 이들 나라의 광산들은 블러드 다이아몬드(Blood Diamond)의 주요 산지로 낙인 찍혀 다이아몬드의 채석이 힘들어졌다.

피의 다이아몬드라고도 불리는 이 다이아몬드를 판 수익금으로 아프리카의 독재자와 군벌들이 무기를 사들여 전쟁을 하는 데 필요한 비용을 충당했다.

*   *   *

스베르로 홍수용 대사가 찾아왔다.

알로사의 인수에 성공하기 위해서 온 신경을 쓰고 있었기에 만남을 원하는 홍수용을 지금껏 피해왔었다.

"바쁘신지 알고 있는데도 이렇게 불쑥 찾아와서 죄송합니다."

홍수용은 미안한 표정을 지으며 말했다.

모스크바 현지 적응이 끝난 홍수용 대사는 내가 이곳에서 얼마나 바쁘고 만나기 힘든 인물이지 잘 알고 있었다.

그 자신도 원하는 날에 만나기 힘든 연방총리와 부총리는 물론이고 옐친 대통령까지 독대하는 모습을 직접 눈으로 목격했기 때문이다.

"아닙니다. 제가 시간을 내어야 했는데, 요즘 들어 도통 시간을 낼 수 없었습니다. 자, 앉으시지요."

"감사합니다. 이곳은 한국대사관보다도 더 안전해 보입니다."

홍수용 대사의 말은 헛말이 아니었다.

이중 삼중으로 보안에 신경을 썼고 코사크의 본사가 위치한 곳이라 무장한 경비대원들이 수시로 드나들었기 때문에 일반인들은 위압감마저 들게 했다.

"러시아에서 사업을 하다 보니 안전이 최우선이라는 것

을 느끼게 되었습니다. 조금 과한 면이 없지는 않지만 그러한 점이 안전을 더욱 보장해 주고 있습니다."

"맞는 말씀입니다. 한국 기업들이 러시아에 진출해서 가장 큰 고충 중에 하나가 안전이었습니다. 어제도 집으로 돌아가는 도중에 총소리를 들었으니까요."

한국 기업들이 러시아보다 중국을 더 선호하게 된 이유 중에 하나도 안전 때문이었다.

중국 진출은 현지에서의 사기를 조심해야 하지만 목숨을 거는 일은 아니었다. 하지만 러시아에서는 사업하는 기업인들이 경호원과 함께 살해되는 경우도 종종 발생했다.

그 덕분에 코사크는 무섭게 성장해 가고 있었다.

"러시아 정부에서 강력하게 의지를 보이니 차차 나아지겠지요."

"정말 그랬으면 좋겠습니다. 한 나라의 대사인 저도 불안감이 드는데, 일반인들은 오죽하겠습니까."

그때 비서인 이리나가 차를 내왔다.

"한국에서 가져온 작설차입니다. 맛이 괜찮습니다."

"하하하! 러시아 여성분이 차를 잘 우려내나 봅니다."

홍수용 대사는 금발의 이리나가 작설차를 우려내 오자 신기한 듯 말했다.

"저도 모르게 노력을 많이 한 것 같습니다. 이제는 제가 직접 차를 우려내는 것보다 더 잘합니다."

"음, 향과 맛이 아주 좋습니다."

홍수용 대사는 차를 한 모금 마시며 말했다.

"홍 대사님께서 저를 보자고 한 것은 무슨 일 때문이신지
요?

이리나가 나가자 나는 홍수용이 방문한 목적을 물었다.

"이번에 룍오일에서 발표하신 코뷔트킨스크 가스전 때문
입니다. 정부에서는 이 가스전에 대한 정확한 정보를 알고
싶어 합니다. 강 대표님께서도 아시다시피 정부에서 추진
하는 극동지역 개발사업에 적지 않은 돈을 투자했지만 원
하는 성과가 나오지 않고 있습니다. 그래서…….”

구소련과의 수교를 맺을 당시, 정부는 국내 대기업들과
함께 극동지역 자원 개발사업에 자금을 투자했었다.

하지만 구소련에서 발생한 쿠데타의 여파와 합작을 진행
했던 구소련의 국영기업이 경영난으로 문을 닫는 바람에
투자금을 회수할 수 없는 상황이었다.

더구나 자원 개발 합작을 진행했던 구소련의 정부 관계
자들도 쿠데타 이후 자리에서 물러나는 바람에 책임 소재
를 따질 수도 없었다.

구소련을 승계한 러시아도 이 문제에 대해서는 무관심으
로 일관하고 있었다.

"대사님 말씀은 한국 정부가 코뷔트킨스크 가스전 투자에 성공한 것으로 발표할 수 있게 해달라는 말씀입니까?"

정부가 실패한 극동지역 자원 개발사업을 코뷔트킨스크 가스전을 통해서 만회하겠다는 말이었다.

"예, 그렇게만 해주신다면 아직 투입되지 않은 자원 개발 자금을 강 대표님께서 사용할 수 있도록 하겠습니다."

한마디로 실패한 사업을 성공한 것처럼 한국 내에 발표하겠다는 말이었다.

"한국 정부에서 얼마나 투자하셨습니까?"

"민간기업과 함께 5억 달러의 기금을 조성해서 지금까지 총 3억 5천만 달러를 투자했습니다."

한마디로 3억 5천만 달러가 허공으로 날아간 것이다.

"현지 합작회사에는 건질 것이 없었습니까?"

"예, 저희가 사태를 인지하고 나섰을 때는 한마디로 껍데기뿐인 회사로 전락한 상태였습니다."

한국 정부가 내막을 조사했을 때는 합작과 관련된 구소련의 정부 측 인사들이 모두 물러났을 때를 이용하여 합작회사의 핵심 관계자가 이미 회사의 중요 자산을 팔아먹거나 빼돌린 상황이었다.

"음! 무슨 말씀인지는 알겠지만, 국민을 속인다는 것이 옳은 일인지 모르겠습니다."

홍순용 대사가 부탁하는 이 일은 올해 있을 대선과 연관이 있었다.

　현 정부의 실책을 비판하는 야당 대권주자의 공세에는 구소련에 제공했던 선심성 차관과 실패한 자원 개발 투자가 들어갔다.

　잘못된 정부정책의 실패로 인해 여당의 대권주자에게 부담을 주지 않기 위한 것과 이러한 것들로 인해서 북방외교 정책이 자칫 문제가 있는 것으로 비쳐질 수 있는 점을 사전에 차단하기 위한 것이었다.

　"솔직히 옳은 일은 아닙니다. 하지만 작은 일로 인해서 큰 외교적 치적에 오점이 될 염려도 있고, 국민들의 사기 진작에도 이번 일이 적지 않은 영향을 줄 수 있어서 그렇습니다."

　홍순용 대사의 대답은 조금은 궁색하고 얄팍했다.

　사실 북방외교로 인해 구소련과 중국 그리고 동유럽의 공산 국가들과의 관계 개선을 도모하고 외교 관계를 성립한 것은 큰 성과를 이루어낸 것이다.

　그로 인해서 한반도의 평화와 안정을 유지하고 사회주의 국가와의 경제 협력을 통해 경제 이익을 증진할 수 있게 되었고, 더 나아가 남북한 교류·협력 관계의 발전을 추구할 수 있는 토대 또한 마련했다.

나 또한 구소련과 외교 성립이 안 되었다면 지금처럼 활발한 경제활동을 할 수 없었다.

그렇게 외교 관계 개선에는 성공했지만, 극동지역의 자원 개발을 통한 에너지 확보와 경제적 실리를 추구했던 정책은 실패한 것이다.

그리고 지금 그 실패한 정책을 정부는 성공한 것으로 꾸미고 싶어 했다.

'후후! 국민들에게 사기를 치겠다는 말인데…….'

마음에 들지는 않았지만 1억 5천만 달러의 자원 개발자금은 탐이 나긴 했다.

현재 돈이 들어갈 곳이 너무 많았다.

"자원 개발자금의 조건은 어떤 것입니까?"

내가 흥미를 보이자 홍순용은 재빨리 대답했다.

"이자 없이 5년 안에 상환해 주시면 됩니다. 상당히 좋은 조건입니다."

'나쁘지는 않지만, 그것만으로는 가스전을 이용할 수는 없지…….'

"상환 기간은 8년으로 하시지요. 상환은 코뷔트킨스크에서 채굴한 가스로 하는 것이 좋겠습니다. 이것이 좀 더 국민들에게도 좋은 모양새로 보여질 수 있을 것 같습니다."

정부가 나를 이용하려고 한다면 나 또한 정부에게 필요

로 하는 것을 충분히 얻을 생각으로 말했다.

"음, 지금 당장 제가 결정할 수는 없을 것 같습니다. 우선 본국에 강 대표님의 조건을 보고한 후에 조건을 재조정하시는 것이 좋을 것 같습니다."

홍순용 대사는 조금 난감한 표정을 지으며 말했다. 급한 것은 한국 정부였지 내가 아니었다.

"그렇게 하십시오."

"이런 말씀을 드려서 어쩔지 모르겠지만, 강 대표님은 정말 무서운 분이신 것 같습니다. 기회가 주어졌을 때 그 기회를 최대한 활용하시는 모습이 절대로 이십 대 초반의 나이에서는 나올 수 없는 모습입니다."

홍순용은 내 나이를 알고 있었다. 올해 군대에 입대한 아들이 나와 나이가 같았다.

자기 아들과 나를 비교했을 때에 상식적으로는 도저히 설명할 수 없는 벽이 존재했다.

'후후! 당연한 말입니다. 이십 대의 나이라면 죽었다 깨어나도 할 수 없는 노릇이지…….'

"사람마다 제각기 재능이 다른 것처럼 저는 이쪽으로 재능을 타고난 것 같습니다."

"예, 정말 그러신 것 같습니다. 정말이지 강 대표님과 안 좋은 관계를 맺었다가는 큰일 날 것 같다는 생각이 듭

니다."

지금 자신의 눈앞에 있는 강태수가 해낸 일들은 너무나 엄청난 일들이었다.

한국에서는 자세한 내용을 알지 못해서 그 의미가 축소되어 보였지만, 이곳 러시아에서는 그 누구도 지금의 강태수를 능가하는 인물이 없어 보였다.

현재 강태수는 러시아의 정·재계에 막대한 영향력을 발휘하고 있었고, 그 힘이 점점 커지고 있었다.

"하하! 그럼 저와 좋은 관계를 맺으십시오. 전 제 사람이라고 여긴 분을 실망시킨 적이 없습니다."

'정말이지 괴물이 따로 없군.'

홍순용의 솔직한 생각이었다.

정말이지 자신을 대하는 모습이 노련한 외교관처럼 능수능란했다.

"하하하! 그래야겠습니다. 앞으로 제가 강 대표님께 도움을 많이 받으려면 말입니다."

홍순영의 머릿속에는 자신이 러시아 대사로 있는 한 강태수와는 좋은 관계를 맺어야겠다는 생각이 크게 자리를 잡았다.

*　　　　*　　　　*

한국 정부는 일사천리로 내가 요구한 모든 조건을 받아들였다.

극동지역 자원 개발자금 1억 5천만 달러를 곧바로 사용할 수 있었고, 상환 대금은 코뷔트킨스크에서 생산한 가스로 8년간 나누어서 지급하면 되었다.

아직 채굴되지도 않은 가스를 선판매한 것이나 마찬가지였다.

가스 공급 가격은 국제거래시세를 적용하기로 했고, 추가 도입 때에는 국제시세보다 3% 정도 할인을 해주기로 했다.

한국 정부가 발 빠르게 움직인 것은 이번 정권의 최대 치적인 북방외교의 정점을 찍을 수 있는 시베리아 극동지역 자원 개발을 성공했다 포장할 수 있기 때문이다.

정부는 코뷔트킨스크의 가스전 개발에 극동지역 개발자금이 투입되었다는 정부 발표를 서둘러 진행했다.

"앞으로 8년 동안 안정적으로 가스 공급이 이루어지며… 투자된 금액에 10배 이상의 이득을 본 이번 발견은… 정부와 민간기업의 적극적인 협조와 협력으로 이루어진 결과물이며… 이번 대규모 가스전 발견은 그동안 대한민국 정부가 추진했던 해외 자원 개발사업에 이정표를 찍는 획기적인 사건으로… 향후 정부는 전략자원 확보에 더욱 적극적으로 임할 예정입니다. 이 모든 것은 북방외교에서 이어진 결실이며……. 이제 질문을 받겠습니다."

세종로에 있는 정부종합청사에서 이루어진 정부 대변인의 발표에는 수많은 기자가 몰려들어 북새통이었다.

지금까지 진행해 온 해외 자원 개발사업들은 자원 확보는 미미했었고 사업 부실화로 인해서 투자비 회수가 크게 미달함으로써 정부나 공기업들이 어려움을 겪었었다.

"코뷔트킨스크 가스전의 지분을 정부가 얼마나 소유한 것입니까?"

앞줄에 있던 동아일보 명찰을 단 기자가 질문을 먼저 던졌다.

"지분 관계는 이 자리에서 정확하게 말씀드리기 곤란한 부분이 있습니다만 한국 정부가 적지 않은 지분을 가지고 있다고 말씀드릴 수 있습니다."

옆에 있던 한국일보 기자가 손을 들고서 재빨리 질문을 던졌다.

"러시아 룩오일에서 발표할 때에 한국 정부와 연관된 부분을 발표하지 않은 이유가 무엇입니까?"

"그건 저희 부탁 때문이었습니다. 지분 참여와 관련된 부분을 한국에서 직접 발표하겠다고 룩오일에 전달했습

니다."

"가스 도입은 언제쯤 이루어질 수 있는 것입니까?"

"내년 말이면 국내로 들여올 수 있습니다."

"대한민국 전체 국민이 8년 동안 쓸 수 있는 양이면 상당한 양인데 도시가스 요금이 인하될 수도 있는 것입니까?"

KBS의 명찰을 단 기자가 질문을 던졌다.

"아직 거기까지 검토하지는 않았지만, 향유 도입량에 따라서 인하 요인이 발생한다면 적극적으로 검토할 생각을 하고 있습니다."

"룩오일의 대표가 한국인으로 알고 있습니다. 앞으로 룩오일과 협력 관계가 유지되는 것입니까"

"예, 앞으로도 적극적으로 협력해 나갈 것입니다. 질문은 여기까지 받겠습니다. 나머지는 저희가 발표한 자료를 참고해 주시길 바랍니다."

정부 대변인의 말에 기자들은 손에든 자료를 토대로 빠르게 기사를 정리하여 신문사나 방송국으로 보냈다.

정부가 배포한 자료에는 가스 도입 방법을 북한과 중국을 연계하여 한국으로 들여오는 것까지 향후 추진할 것이라는 점도 명시되어 있었다.

정부 발표를 토대로 작성된 기사들은 하나같이 정부가 적극적으로 추진했던 북방외교와 해외 자원 개발사업의 성공을 축하하는 분위기였다.

더불어서 성공보다는 실패 가능성이 큰 해외 자원 개발 사업임에도 불구하고, 정부의 적극적인 의지와 치밀한 계획으로 이루어낸 쾌거라고 전했다.

앞으로도 적극적인 자원 확보를 위해서는 코뷔트킨스크 가스전처럼 실패를 두려워하지 않은 적극성이 필요하다는 말로 대다수 기사가 호의적으로 끝을 맺었다.

정부가 노렸던 효과는 TV 방송과 신문들의 우호적인 기사를 통해서 곧바로 나타났다.

국민 여론은 정부의 해외 자원 개발사업을 지지했고 이번 코뷔트킨스크 가스전의 성공을 높이 평가했다. 그러자 여당이 내세운 대권주자의 지지율이 5% 이상 올라갔다.

한동안 지지율 정체를 겪고 있던 터라 5%가 넘어가는 지지율 상승은 상당히 고무적인 결과였다.

대표가 같기에 룩오일의 지분을 소유했다고 의심을 받았던 도시락에서는 공식적으로 지분 참여는 없었으며 룩오일과는 협력 관계일 뿐이라는 발표를 했다.

그 덕분에 도시락의 대표이자 룩오일을 이끄는 강태수 대표에 대한 관심은 뜨거웠다.

언론마다 룩오일이 러시아에서 어떤 위치에 있으며 도시락에서 생산하는 라면이 러시아 현지에서 얼마나 인기를 끌고 있는지 비중 있게 다루었다.

그러자 도시락 라면의 국내 판매량이 덩달아서 상승하기 시작했다.

도시락은 생각지도 못한 간접광고 효과를 톡톡히 보고 있었다.

Chapter 2

　종로구 중학동에 위치한 중앙일보에서는 러시아 진출
에 성공한 강태수 대표에 대한 기획기사를 준비 중에 있
었다.

　"이거 도시락만이 아니라 닉스와 무선호출기를 만드는
블루오션도 강태수가 소유하고 있었습니다."

　조사를 맡은 정우식 기자가 담당 팀장에게 조사한 내용
을 전했다.

　"요새 젊은이들에게 인기가 폭발적인 닉스 말이야?"

　"예, 거기에 명성전자라고 블루오션이 개발한 무선호출

기를 생산하는 회사도 들어가 있었습니다. 매출도 상당한 알짜배기 회사였습니다."

"뭐냐? 지금 강태수의 나이가 만으로 20살밖에 안 됐잖아?"

"예, 72년생이니까 정확히 20살이 맞습니다."

"이게 20살에 상식적으로 가능한 일이라고 보여?"

팀장은 담당인 정우식 기자를 쳐다보며 말했다.

"아니요. 저도 전혀 상식적으로 가능하지 않다고 봅니다. 아직 조사는 더 해봐야 하지만 물려받은 재산도 없이 자수성가로 지금의 회사들을 키워낸 것 같았습니다. 닉스는 합작이라고 하지만 강태수가 주도적으로 이끌어가고 있습니다."

"허! 이거 완전히 사기캐릭터잖아. 거기다가 러시아에서 3번째로 큰 석유회사를 소유하고 있다? 나 참! 이걸 정말 믿어야 하는 거야?"

눈앞에 보이는 서류를 살펴보며 말하는 팀장에게는 믿기지가 않는다는 기색이 역력했다.

"저도 조사하는 과정에서 '말도 안 돼!'라는 말을 수십 번 뱉었습니다."

팀장의 말에 동감한다는 듯이 정우식도 고개를 끄덕이며 말했다.

"이걸 기사로 내면 사람들이 믿겠어?"

"아마 장난하는 줄 알 것입니다. 20살에 지금의 회사들을 소유한다는 것은 믿기 힘든 일이니까요. 더구나 강태수가 소유한 회사들 모두가 상당한 이익을 내는 알짜배기 회사들입니다. 직원들도 강태수를 무척이나 존경하고 있었고요."

"사람같지 않은 인물이 하늘에서 뚝 떨어진 거야, 아니면 외계인이냐? 정말 강태수가 경영의 신이라 말해도 한 말이 없어 보이잖아."

팀장은 정우식의 말을 받아들이기 힘들었다.

아무리 능력이 뛰어나다 해도 지금의 나이에는 이룰 수 있는 일이 있었고 없는 일이 있었다.

더구나 집안이나 주변의 도움 없이 자수성가를 20살이란 나이에 이룬다는 것은 도저히 믿기지 않는 일이었다.

"자세한 것은 조사를 더 해봐야겠습니다. 본인을 만나면 가장 확실한데 만나기가 보통 어려운 게 아닙니다. 운영하는 회사들을 방문했지만, 관련 자료를 얻기도 힘들었습니다. 강태수는 지금도 러시아에 출장 중이고요."

"하여간 잘만 하면 재미있는 기사가 나올 것 같은데."

그때였다.

두 사람이 있는 회의실로 편집장이 불쑥 들어왔다.

"강태수 기획 건은 없던 거로 해."

"예, 그게 무슨 말씀이십니까?"

편집장의 말에 팀장이 어리둥절한 표정으로 물었다.

"위에서 연락이 왔다. 국익과 관련된 일이라 강태수를 언론에 노출하지 말라고. 그러니까 그냥 덮어."

"국익이라니요?"

정우식 기자가 물었다.

"이번 정부가 참여한 코뷔트킨스크 가스전 말고도 러시아에서 다른 건수가 있나 봐. 언론에 강태수가 노출되면 러시아에서 진행 중인 협상에도 문제가 생길 수 있다고 하니까. 그런 줄 알아."

편집장은 자신의 한 말을 하고는 회의실을 나갔다.

"어떡하죠?"

정우식이 팀장을 보며 물었다.

"위쪽에 내려왔다고 하니까 어쩔 수 없지. 일단 조사한 것은 잘 챙겨둬. 나중에라도 써먹을 수 있을 테니까."

"아, 정말. 여기서 그만두긴 그렇지 않습니까?"

"국익이라잖아. 사실 이런 인물이 대한민국에 있다는 것이 믿기지가 않아. 범죄를 저지르는 게 아니라 이 나라를 위해서 열심히 뛰고 있잖아. 우리가 도와줄 거는 도와야지. 저 양반이 어디 외압을 쉽게 받아들이는 인물이야? 정말 국익과 연관된 일이니까, 저러는 거야."

팀장은 회의실 밖의 편집장을 가리키며 말했다.

"하여간 빽도 좋네요. 어느 위선이 움직였는지는 모르겠지만."

"그렇게 말이야. 하여간 수고했고 밥이나 먹으러 가자고."

팀장이 정우식의 어깨를 두드리는 사이 각 신문사와 TV 방송국에도 강태수와 관련된 기사를 작성하지 말라는 협조문이 전해졌다.

이 모든 게 강태수와 정부와의 비밀계약이 자칫 언론에 노출될 수도 있는 것을 사전에 방지하기 위한 것이었다.

계약이 외부로 알려지면 연말에 치러지는 대선에도 큰 영향을 줄 수 있었다.

*   *   *

대산그룹의 회장실에는 이대수 회장이 연말에 치러지는 대선과 연관된 보고를 정용수 비서실장에게서 받고 있었다.

"이번 정부의 발표 이후 정체되었던 김용삼 후보의 지지율이 6% 가까이 올라섰습니다. 이대로만 쭉 유지된다면 정민당이 또다시 정권을 잡을 것으로 예상합니다."

"음, 정부가 용케 건수 하나를 만들었어. 정민당에는 얼마나 건넸지?"

"예, 현재까지 100개를 전달했습니다."

"민한당에도 전달했나?"

"예, 30개를 건네주었습니다."

"그래, 그쪽도 신경을 써줘야 해. 실탄은 충분히 갖추어 놨지?"

"예, 천오백 개를 준비해 놨습니다. 시간에 맞춰가면서 풀고 있습니다."

"인색한 모습을 보이면 안 돼. 줄 때는 확실히 줘야 우리가 할 말이 있는 거야. 그리고 강태수는 아직 러시아에 있는 건가?"

"예, 아직 모스크바에 머무는 것으로 확인되었습니다."

"음, 정말 괴물 같은 놈이야. 룩오일이 강태수 거라니… 국내에 들어오는 대로 약속을 잡아."

"예."

"중호는 잘하고 있나?"

"예, 잘하고 있습니다."

"그래야지. 특별하게 대우해 주지 말라고 확실히 전해. 앞으로 강태수을 상대하려면 여러모로 더욱 단련해야 해.

일반적인 공부를 해서는 상식적이지 않은 강태수를 도저히 이길 수 없어."

"예, 확실하게 전달하고 있습니다."

"대우의 움직임도 잘 살펴보고."

"예, 상황을 예의 주시하겠습니다."

대우는 현재 코뷔트킨스크 가스전 성공에 자극받아 러시아로 강태수를 만나기 위해 ㈜대우의 해외자원 개발을 담당하고 있는 박병관 부사장을 보냈다.

대우그룹의 김우중 회장이 내린 특명이었다.

"강태수로 인해서 아주 재미있는 판이 벌어지고 있어."

이대수 회장은 의자에서 일어나 여의도 광장을 바라보며 말했다. 그곳에는 사람들이 자전거를 타며 한가로운 오후를 맞이하고 있었다.

*   *   *

알로사의 공개입찰을 하루 앞두고 있었다.

국내외로 모두 열 개의 회사가 입찰에 참여했고 초기에 예상했던 지분인수 가격은 두 배 정도로 뛰어올랐다.

현재 분위기상으로는 6억 달러를 써내도 확신하기 힘들었다.

드비어스를 비롯한 미국의 JT투자회사와 일본의 스미토모 종합상사와 스미토모 메탈(Sumitomo Metal)의 합작, 그리고 내가 앞세우는 룩오일이 가장 유력한 후보였다.

더구나 그 밖의 미국이나 일본기업도 알로사를 인수하기 위해 상당한 자금을 풀 것이라는 소문이 자자했다.

알로사는 얻는다면 그동안 드비어스가 장악했던 다이아몬드 시장에 독자적으로 발을 내디딜 수 있었다.

다이아몬드를 공급받는 보석상들과 도매상들은 은근히 드비어스의 독점이 깨지길 원하고 있었다.

그러는 것이 더 좋은 가격에 다이아몬드를 공급받을 수 있기 때문이다.

"스미토모에서 7억 달러를 써낼 것이라고 합니다."

비서의 말에 드비어스의 오펜하이머 회장은 인상이 찌푸려졌다.

"미국 쪽은?"

"6억 달러 선인 것 같습니다."

"그럼 강태수의 룩오일은?"

"8억 달러 이상일 것 같습니다. 강태수가 소유한 소빈뱅크에서 상당한 자금을 융통할 것이라는 소문이 있습니다. 그리고 룩오일이 발견한 가스전에 상당한 규모의 투자금이 들어왔다고 합니다. 더구나 이번 공개입찰에서 반드시 알로사를 인수하라는 지시를 강태수가 내렸다고 합니다."

"놈이 문제군."

순간 오펜하이머의 미간이 좁혀지며 고민하는 모습이 역력했다.

잠시 고민하던 오펜하이머는 결단을 내리듯 말했다.

"좋아, 우린 두 자리로 간다."

"10억 달러를 말입니까?"

"그래. 돈을 쓴 만큼 확실하게 뽑아내면 돼. 알로사는 그만한 값어치가 있어. 슈티로프 대통령도 우리가 지분을 인수하면 협상을 하겠다는 언질을 주었다."

오펜하이머의 머릿속에는 이미 알로사를 수중에 넣고 있었다.

알로사만 손에 넣으면 지금의 다이아몬드 카르텔은 철옹성처럼 더욱 공고해지는 것이다.

*　　　*　　　*

알로사의 입찰이 시작되는 당일, 입찰에 참여 의사를 보였던 열 개의 회사 중 4개 회사가 입찰을 포기했다.

알로사의 입찰 가격이 자신들이 예상했던 금액을 훌쩍

넘어섰기 때문이다.

이젠 공공연하게 7억 달러 이상은 적어내야지만 가능성이 있다는 소리가 들려왔다.

알로사를 욕심내는 회사들도 그 점을 잘 알고 있다는 듯이 비장한 분위기였다.

러시아 국고관리청에서 치러지는 이번 알로사 입찰에는 특별히 쇼린 부총리도 참석하여 참관 중이었다.

알로사 입찰에 참여한 회사들이 앞쪽에 마련된 투표함처럼 생긴 입찰함에 입찰 금액을 적은 서류를 모두 넣으면, 곧바로 입찰함을 개방하여 낙찰자를 공개할 예정이었다.

이미 낙찰 금액을 정하고 온 회사들은 입찰함에 서류를 넣으면 되었고, 아직 정하지 못한 회사는 통 옆에 가림막이 쳐진 곳에서 다시 적어 낼 수 있었다.

입찰장에는 입찰에 참여한 회사의 대표 2명만이 입장할 수 있었다.

입찰장 밖은 정보전이 치열했고 입찰에 대한 이야기들이 난무했다.

입찰에 참여한 회사들은 서로를 속이기 위해서 거짓 정보를 아무렇지도 않게 흘렸다.

"이제 입찰을 시작하겠습니다. 관계자분들은 입찰장으

로 들어와 주십시오."

안내 방송에 따라서 나와 빅토르 최가 입찰장으로 들어
갔다.

"우리가 써낼 최종 금액은 유출됐습니까?"

나는 빅토르 최에게 한국말로 물었다.

"예. 드비어스의 귀에 들어갔습니다."

"후후! 그럼 어떻게 나올지 봐야겠네요."

입찰장에는 알로사의 입찰에 참여한 회사의 이름이 적인
테이블이 있었다.

우연인지 룩오일은 드비어스의 옆자리였다.

드비어스의 오펜하이머 회장과 그의 비서가 먼저 자리에
앉아 있었다.

"안녕하십니까? 좋은 일이 있길 바라겠습니다."

내가 먼저 밝은 표정으로 오펜하이머에게 인사를 건넸
다.

"룩오일도 선전하시길 바랍니다."

대답하는 오펜하이머의 표정은 편하지가 않았다. 그도
그럴 것이 입찰이 있는 오전에 한국의 대우그룹에서 룩오
일에 7억 달러 상당의 투자를 진행할 것이며, 이미 계약
금 형태로 2억 달러가 입금되었다는 정보를 흘렸던 것이
다.

문제는 이 정보를 무시하기가 힘들다는 점이었다.

실제로 룩오일과 모스크바를 방문한 ㈜대우의 해외자원 개발을 담당하고 있는 박병관 부사장과 회동이 있었다.

오펜하이머는 다른 회사들보다 오로지 나에 대한 정보에 신경을 쓰고 있었다.

현재 러시아에서 현금을 가장 많이 동원할 수 있는 인물이 나였기 때문이다.

더구나 입찰장에 들어선 여섯 개의 회사 중에서 입찰 금액이 담긴 서류를 들고 오지 않는 회사는 룩오일과 드비어스뿐이었다.

그 이야기는 입찰 금액을 아직 정하지 않았다는 말이었다.

오펜하이머는 그런 내 모습에 신경이 무척 쓰이는 것 같았다.

'2억 달러를 추가로 확보한 것이 사실인가? 아니야, 그렇게 빨리 결정될 문제가 아닌데……. 그런데 저 여유는 뭘까?'

그의 생각처럼 강태수는 전혀 긴장하는 모습이 아니라 오히려 여유가 넘쳐 났다.

마치 알로사를 자신의 것으로 소유한 것처럼.

"후후! 1~2억 달러는 더 써낼 표정이군."

"정말 더 적어낼까요?"

빅토르 최가 궁금한 듯 물었다.

"물론입니다. 내가 가진 패를 정확히 알지 못하는 한 말이죠."

빅토르 최와 이야기를 나누는 중에 회사들이 호명되었고 차례대로 입찰 금액이 적힌 서류를 입찰함 안에 집어넣었다.

"룩오일 관계자분은 입찰 서류를 제출해 주십시오."

호명이 들리자 나는 보란 듯이 일어나 앞으로 걸어 나갔다.

"입찰 금액이 변경되었습니다. 다시 적어 내겠습니다."

입찰장에 들어와 있는 사람들이 다 들을 수 있게 조금 큰 소리로 말했다.

나의 말에 입찰장은 술렁거렸다.

그중에서 내 말에 가장 신경을 쓰고 있는 인물은 드비어스의 오펜하이머 회장이었다.

그는 함께 온 비서와 귓속말로 뭔가를 주고받았다.

그 모습을 확인하며 나는 천천히 칸막이가 처져 있는 안으로 들어갔다.

그곳에는 입찰 금액을 적어 낼 수 있는 서류와 볼펜이 책상 위에 놓여 있었고, 그 옆으로 밀봉 봉투가 있었다.

"시간을 오래 끌 필요가 없겠지?"

나는 입찰서류에 생각했던 금액을 적고는 밖으로 나와 입찰 금액이 들어 있는 밀봉한 봉투를 입찰함에 넣었다.

그리고 마지막으로 호명된 회사는 드비어스였다.

오펜하이머는 뭔가를 골똘히 생각하는 듯한 표정으로 칸막이가 쳐진 장소로 곧장 들어갔다.

그는 생각보다 오랜 시간을 안에 머물다가 나왔다.

"모든 회사가 입찰함에 서류를 넣으셨습니다. 이제 공개적으로 입찰함에 넣은 서류를 하나씩 꺼내어 이 자리에서 공정하게 발표하겠습니다."

굳게 닫혀 있던 입찰함에서 밀봉한 입찰서류가 꺼내졌다.

러시아의 기업들은 대다수 5억 달러 선에서 입찰 금액을 적어냈다.

"JT투자에서 6억 9천만 달러를 적어냈습니다. 현재까지 가장 높은 금액입니다."

JT투자는 미국 회사였다.

그다음 입찰서류를 국고관리청 직원이 조심스럽게 개봉하여 발표자에게 건넸다.

"스미토모 종합상사에서 8억 2천만 달러를 적어냈습니

다. 현재 가장 높은 입찰 금액입니다."

발표자의 말에 입찰장이 술렁거렸다.

그 발표에 표정이 변하는 인물들이 여럿 보였다. 하지만 나와 오펜하이머 회장은 크게 개의치 않는 표정이었다.

몇몇 회사들이 발표되고 나자 룩오일의 차례가 왔다.

"룩오일에서는 10억 달러를 적어냈습니다. 현재 가장 높은 금액입니다."

발표자의 말에 입찰장에 있던 사람들 모두가 놀라는 모습이었다.

오펜하이머 또한 예상하지 못했다는 듯이 눈이 커져 있었다. 하지만 그의 눈빛은 웃고 있었다.

"마지막으로 드비어스에서는 12억 1천만 달러를 적어냈습니다. 알로사의 지분은 드비어스로 낙찰되었음을 알려드립니다."

발표자의 말에 오펜하이머 회장은 입가에 승리자만이 누릴 수 있는 미소가 피어올랐다.

"축하드립니다. 제 예상을 뛰어넘으셨네요."

나는 오펜하이머에게 축하의 인사를 건넸다.

"하하하! 강태수 대표께서 너무 세게 나오셔서 입찰 금액이 너무 높아졌습니다."

웃으면서 말하는 오펜하이머의 얼굴에는 이젠 여유가 넘

쳐 났다.

"제가 얼마를 써낼지 다 알고 계셨던 것 같습니다."

"하하하! 그게 그렇게 되는 건가요. 그럼 저는 이만."

오펜하이머는 웃음을 멈추지 않은 채 입찰장을 빠져나 갔다.

"후후! 며칠 후면 오늘 일을 땅을 치며 후회하겠지."

나는 그의 뒷모습을 보며 말했다.

그때 입찰장을 방문했던 쇼린 부총리가 나에게 걸어왔 다.

"그동안 수고 많으셨습니다."

쇼린은 나에게 손을 내밀며 악수를 청했다.

"생각대로 오펜하이머 회장이 움직여 줘서 다행이었습니 다. 아니었으면 저희가 큰 낭패를 볼 뻔했습니다."

만약 오펜하이머가 10억 달러 이하로 적어냈다면 룩오일 은 고스란히 10억 달러를 주고서 알로사의 지분 30%를 인 수할 수밖에 없었다.

잘못하면 10억 달러를 마련하다가 룩오일이 파산할 수도 있었다.

"하하하! 보통 배짱으로는 대어를 낚을 수는 없으니까요. 약속대로 알로사의 나머지 지분을 넘겨드리겠습니다. 알로 사를 멋진 회사로 바꾸어 주십시오."

쇼린은 내게 악수를 청하며 말했다.

"예, 반드시 그렇게 하겠습니다."

쇼린이 내민 손을 잡은 나는 자신감 있게 대답했다.

Chapter 3

　며칠 후 나는 러시아 정부에게서 알로사 지분 26%를 인수했다.

　인수 가격은 2억 달러였다.

　드비어스가 알로사 지분 30%를 12억 1천만 달러에 인수한 것과 비교하면 엄청난 가격 차이였다.

　드비어스의 오펜하이머 회장이 이 사실을 알게 된다면 잠을 제대로 자지 못할 것이다.

　드비어스에서 입찰 금액이 들어오기 전까지는 이 사실을 비밀에 부치기로 했다.

현재 드비어스는 사하공화국 지분을 인수하기 위해 노력 중이었다. 하지만 이미 사하공화국의 지분 또한 모두 나에게 넘어온 상태였다.

그리고 며칠 후 드비어스의 오펜하이머 회장에게서 다급한 전화가 걸려왔다.

그는 현재 드비어스 본사가 있는 남아프리카공화국의 요하네스버그에 머물고 있었다.

─완전히 제 뒤통수를 치셨더군요?

오펜하이머는 따지듯이 나에게 물었다.

"뒤통수가 아니라 공정한 경쟁을 한 것뿐입니다. 저 또한 입찰장에서 10억 달러를 써넣었으니까요."

─아주 훌륭히 모험에 성공하셨습니다. 그런데 제가 10억 달러 이상을 써내리라는 것을 어떻게 아셨습니까?

오펜하이머는 여러 정황을 살폈을 때 이번 일이 내 머리에서 나온 것으로 판단했다.

"오펜하이머 회장님은 저처럼 승부사라 여겼습니다. 승부사는 자신에게 찾아온 기회를 절대 놓치지 않으니까요."

─하하하! 정말이지 두 손 두 발을 다 들게 하시는군요. 이번에는 제가 완전히 졌습니다. 알로사를 어떻게 하실 생각이십니까?

싫지 않은 웃음을 내뱉은 오펜하이머는 자신의 패배를

인정했다.

드비어스가 가져간 30%의 지분으로는 알로사를 오펜하이머의 뜻대로 할 수 없었다.

더구나 입찰을 파기할 수도 없었다. 그렇게 되면 낙찰 금액의 두 배를 위약금으로 물어야만 했다.

이래저래 오펜하이머는 뜨거운 감자를 입에 넣고 말았다. 너무 뜨거워 빨리 뱉어야 했지만 그럴 수도 없는 상황이었다.

이번 일로 인해서 잘못하면 회장 자리에서도 물러날 수도 있었다.

"새로운 고객들을 맞이하기 위해서 잘못된 것들을 하나씩 고쳐 나갈 생각입니다."

드비어스와의 계약이 옐친 대통령이 시행한 특별법으로 무효화되었기에 알로사는 홀가분하게 새로운 출발을 할 수 있었다.

─후! 좋습니다. 원하는 것을 말씀해 주십시오. 최대한 강태수 대표님께서 원하시는 것을 들어드리겠습니다.

전화기 너머로 오펜하이머의 한숨 소리가 똑똑히 들려왔다.

알로사의 이탈은 자칫 지금까지 이루어놓은 드비어스의 금자탑을 무너뜨릴 수 있었다.

어떻게 하든 그것만은 막아야 했다.

'지금 당장 새로운 시장을 만들 수는 없다. 다이아몬드 공급 가격을 내린다면 가능하겠지만 그건 나도 원하는 방향이 아니지…….'

세계적으로 다이아몬드 가격이 높아야만 알로사도 이득이었다. 자칫 드비어스와 시장에서 다투다가는 국제다이아몬드 가격이 흔들릴 수 있었다.

아직은 알로사가 내실을 다질 때였다.

"지금보다 다이아몬드 구매 가격을 20% 인상해 주십시오. 그리고 채굴된 50%는 저희가 독자적으로 판매하겠습니다."

―그건 도저히 받아들이기 힘든 조건입니다. 12%를 인상해 드리겠습니다. 독자 판매는 10%로 하지요.

알로사는 이미 채굴된 다이아몬드의 5%를 독자적으로 판매하고 있었다.

"그건 저희가 받아들일 수 없습니다. 15% 인상에 독자 판매는 20%로 하지요. 그리고 매년 2%씩 독자 판매를 늘리겠습니다."

내 말에 오펜하이머는 즉각적인 대답을 하지 않았다. 그리고 누군가와 이야기를 하는 것처럼 느껴졌다.

―좋습니다. 그 조건을 받아들이겠습니다. 대신 시장에

공급하는 다이아몬드 가격은 저희와 상의를 하셨으면 합니다.

"물론입니다. 저희도 국제다이아몬드 가격이 안정되길 원하고 있습니다."

—공급 계약과 관련된 세부 사항은 외부에 발표하지 않으셨으면 합니다.

"알겠습니다."

—그럼 다음 주에 모스크바에서 뵙는 거로 하지요.

오펜하이머는 러시아 정부에게서 알로사 지분 30% 넘겨받기 위해서 모스크바를 방문해야만 했다.

드비어스는 여러모로 알로사와 나로 인해서 적지 않은 타격을 입었다.

또한 드비어스가 움켜쥐고 있는 다이아몬드 카르텔의 틈이 조금씩 벌어지고 있었다.

"예, 기다리고 있겠습니다."

전화를 끊고 나자 그동안 쌓였던 피로가 말끔히 씻어 내려가는 느낌이 들었다.

드비어스와 새로운 공급계약을 체결하면 알로사는 더욱 탄탄한 입지를 지닌 회사로 태어날 수 있었다.

15% 인상된 다이아몬드 공급 가격과 20% 독자판매 통해서 상당한 이익을 창출할 수 있게 된 것이다.

시간이 지나면 러시아나 중국의 경제 상황이 나아지면서 상당한 다이아몬드를 소비하는 시기가 도래한다.

거기에 한국과 일본 그리고 중동의 나라들도 다이아몬드를 선호했다.

알로사의 문제가 해결되자 노바테크의 문제는 저절로 풀렸다.

러시아에 이익을 극대화시킨 이번 일은 다시 한 번 러시아 정부에 나를 각인시킨 일이었다.

러시아 정부는 알로사 지분 매각을 통하여 14억 1천만 달러를 벌어들였다.

지금까지 매각된 국영기업 중에서 최고의 가격이었다.

이 일로 인해 쇼린 부총리 또한 나에 대한 신뢰가 대단히 높아졌다.

쇼린 부총리는 그가 약속했던 것보다 더 빨리 노바테크의 민영화를 처리해 주었다.

알로사의 인수가 마무리되는 시점에 노바테크의 민영화가 발표되었고 수의계약자로 당연하다는 듯이 룩오일이 지정되었다.

알로사의 지분입찰이 있었던 러시아의 국고관리청에서 노바테크의 인수에 관한 계약을 체결했다.

그 자리에 러시아 정부를 대표해서 쇼린이 직접 나와 계약서에 서명했다.

"축하합니다. 노바테크는 러시아 정부에서도 아끼는 알짜배기 기업입니다."

쇼린의 말처럼 노바테크는 러시아의 국영기업치고는 부실한 기업이 아니었고 부채 또한 없었다.

"힘써 주셔서 감사합니다. 노바테크를 최고의 기업으로 키우겠습니다."

노바테크의 규모는 룩오일에 절반 정도 되는 크기였지만 사하공화국의 가스 시추권과 유전개발권을 대부분 소유하고 있었다.

노바테크의 인수 가격은 3억 달러 이상일 거라 생각했지만, 훨씬 저렴한 2억 8천만 달러에 책정되었다. 더구나 이 돈은 2년간 나누어서 러시아 정부에 지급할 수 있게 되었다.

이 모든 게 러시아 정부와 정부 관계자들에게 신뢰를 쌓은 결과였다.

"옐친 대통령께서 한국을 방문할 때에 저도 함께합니다. 다음에는 한국에서 뵙도록 하시지요."

쇼린 부총리는 악수를 청하며 말했다.

"예, 한국에 오시면 멋진 곳에서 대접을 하겠습니다."

"하하하! 정말 기대가 됩니다."

웃으면서 말하는 쇼린 부총리였다. 그는 러시아 정부에서 나를 밀어주는 인물 중에 하나가 되어 있었다.

노바테크의 인수가 확정되자 사하공화국의 슈티로프 대통령은 약속대로 노바테크가 소유하지 못한 지하자원 개발권을 나에게 넘겼다.

그에 대한 대가로 사하공화국에 미화로 1억 달러를 건넸다.

이제 사하공화국 내의 지하자원 개발권이 모두 내 손에 들어온 것이나 마찬가지였다.

1억 달러는 정말 저렴한 가격이었지만 문제는 개발에 관련된 모든 상황을 룩오일과 노바테크에서 진행해야 한다는 것이다.

사하공화국에 제공한 1억 달러는 한국 정부가 내게 약속했던 극동지역 개발자금을 이용했다.

노바테크 인수로 인해 룩오일은 단숨에 러시아의 에너지 기업 중에서 2위로 올라섰다.

＊　　　＊　　　＊

알로사와 노바테크 인수를 기념하여 룩오일과 소빈뱅크 등 러시아에 있는 각 기업의 책임자들을 스베르로 불러 축하파티를 열었다.

이 파티에는 알로사와 노바테크의 관리자들도 함께 참석했다.

"진심으로 축하드립니다. 대표님께서 해내신 일들은 지금까지 러시아에서 그 누구도 할 수 없었던 일이었습니다."

소빈뱅크를 이끌어가고 있는 미하일의 말이었다.

모스크바 본점을 맡고 있었지만 사실상 미하일이 소빈뱅크를 책임지고 있다 해도 무방했다.

소빈뱅크는 수출입 업무와 연관된 해외송금과 환전 등을 통해서 빠르게 이익이 늘어나고 있었다.

한국기업들은 물론 외국 기업들도 소빈뱅크를 이용하는 일이 점차 늘어나고 있었다.

다음 달에 뉴욕에 소빈뱅크 지점이 개설되면 이용자는 더욱 늘어날 것이다.

더구나 불안정한 루블화의 변동 폭은 외환거래를 하는 소빈뱅크에게 많은 돈을 벌어다 주고 있었다.

"이제는 대표님이 아니라 회장님이라고 해야겠습니다."

룩오일의 예고르 이사가 말을 이었다.

"아닙니다. 아직은 대표라는 말이 제게 맞습니다."

사실상 기존이 있던 기업과 이번에 인수한 알로사와 노바테크를 합하면 그룹이라고 칭해도 무방했다.

"대표님께서는 너무 겸손하십니다. 러시아에서는 저희보다 떨어지는 기업을 이끄는 인물들도 회장이라는 칭호를 쓰고 있습니다."

코사크의 한 축을 담당하고 있는 트레포프의 말이었다. 코사크는 러시아의 불안한 치안과 정세로 인해서 무서울 정도로 성장세를 구가하고 있었다.

그 덕분에 그동안 코사크에 투자된 자금 대부분이 회수되었다.

트레포프의 말에 기분 좋은 웃음이 나왔다.

"하하하! 저는 아직 많이 부족합니다. 그리고 저는 회장이라는 호칭보다는 대표가 좋습니다. 시간이 좀 더 흐르고 회사들이 안정되어 가면 그때는 최고경영자라는 호칭을 쓰도록 하겠습니다."

나의 말에 더는 호칭과 관련된 말은 나오지 않았다.

축하파티에 참석한 인물들 모두가 나를 진심으로 따랐고 존경했다.

러시아에서 그 누구도 해내지 못한 일들을 이루어 나가는 내 모습을 통해서 이 자리에 모인 인물들 또한 자신들의 미래가 어떻게 펼쳐질지를 잘 알고 있었다.

이번에 러시아에서 민영화가 이루어진 모범기업으로 룩오일이 선정되었다.

소빈뱅크와 세레브로 제련공장 또한 구조조정에 성공하여 안정적인 운영에 이르렀지만, 규모 면에서 룩오일이 가장 컸기에 대표적인 기업으로 선정된 것이다.

이번 선정으로 룩오일은 적지 않은 지원 혜택을 입게 되었다.

"노바테크는 룩오일과 합병을 진행하실 것입니까?"

룩오일의 니콜라이 이사가 궁금한 듯 물었다.

"룩오일이 아직은 좀 더 안정적으로 성장해야 합니다. 노바테크는 이전의 룩오일처럼 큰 부실이 없는 회사입니다. 2~3년은 서로가 경쟁하듯이 성장해 가는 것이 좋다고 생각합니다. 만약 룩오일이 노바테크에 뒤떨어진다면 노바테크에서 룩오일을 흡수 합병할 것입니다."

내 말에 질문한 니콜라이를 비롯한 룩오일의 관계자들이 긴장하는 모습을 보였다.

합병이 진행되면 둘 중 하나는 지금 사용하고 있는 회사명을 쓸 수 없다. 내 머릿속에는 룩오일-노바가 들어 있지만 노바테크-룩이 될 수도 있었다.

나는 두 회사가 서로 선의적인 경쟁구도에서 2~3년간은 내실을 다질 시간으로 보고 있었다.

지금 당장 두 회사를 합병시키면 안정적인 시기에 돌입한 룩오일이 다시금 흔들릴 수도 있었다.

"대표님이 만족하실 수 있도록 룩오일은 앞으로 나아갈 것입니다."

기술이사인 니콜라이가 입을 열어 대답했다. 그는 세 명의 룩오일 이사 중에서 가장 적극적이고 열정적으로 일했다.

난 니콜라이의 말을 들으며 고개를 끄떡이며 입을 열었다.

"좋으신 말씀입니다. 지금 러시아는 볼셰비키 혁명 때와 같은 격변기에 놓여 있습니다. 이 와중에서 수많은 사람들이 지금까지 겪어보지 못한 혹독한 경험을 앞으로 하게 될 것입니다. 하지만 앞에 계신 여러분들은 그러한 경험을 겪지 않고서 넘어갈 것입니다. 제가 그렇게 할 것이기 때문입니다. 앞에 계신 여러분들뿐만 아니라 룩오일과 코사크, 세레브로, 소빈뱅크, 그리고 이제 한 배에 타게 된 알로사와 노바테크에 속해 있는 모든 가족들도 말입니다."

내 말이 끝나자 하나둘 박수를 치며 환호성을 질렀다. 지금까지 내가 한 말과 약속들은 반드시 지켜왔고 이루어냈었다.

앞에 있는 인물들은 그걸 두 눈으로 똑똑히 보았던 인물들이었다.

더구나 옐친 대통령을 비롯한 러시아 정부의 최고위층

권력자들과도 두터운 친분 관계를 맺고 있는 나였기에 그 누구보다도 나에 대한 신뢰와 믿음이 강했다.

＊　　　＊　　　＊

축하파티가 끝난 다음 날 나는 알로사의 관계자들을 불렀다.

이미 알로사의 대표를 맡았던 인물과 이사 한 명을 물러나게 했다.

그들 모두 개인적인 비리가 사전에 포착한 자들이었다.

스베르로 다시 불려온 바실리와 알렉산더는 긴장하는 눈빛이 역력했다.

두 사람은 재무와 기술 분야를 담당하는 이사였다.

"제가 두 분을 뵙자고 한 것은 알로사에서 빠져나간 자산을 되찾기 위해서입니다. 알로사의 거래 장부들을 검토했을 때에 상당한 양의 다이아몬드가 다른 곳으로 흘러들어간 것이 보였습니다. 이미 회사를 떠난 두 사람에게서 어느 정도의 정보를 얻었습니다. 두 분은 회사를 떠난 두 사람처럼 개인적인 비리가 없으므로 앞으로도 계속 알로사에 머물 수 있습니다. 자, 제가 알고 싶은 것을 말해주시지요."

내가 무엇을 요구하는지를 두 사람은 잘 알고 있었다.

먼저 입을 연 것은 바실리였다.

"파블로비치 사장의 명령으로 말르쉐프 조직원에게 다이아몬드를 넘긴 것으로 알고 있습니다. 그 다이아몬드 중 일부가 루까노프 하원의장에게로……."

말르쉐프는 러시아의 마피아 조직 중의 하나였다.

구소련이 무너지고 가장 먼저 자본주의를 받아들인 것은 러시아 마피아다.

무척이나 빠르게 확장 일로인 러시아 마피아는 모스크바에 진출하기 위해 경주하고 있었다.

모스크바 암흑가는 핵심 8대 그룹이 장악하고 있으며, 이들의 구역 관리 방식은 러시아 도심을 지나는 순환도로를 중심으로 안과 밖으로 나누어져 있다.

말르쉐프는 모스크바 8대 그룹 중의 하나였다.

"그리고 말르쉐프 조직에게 가족들이 위협을 당했다고 했습니다."

"음, 파블로비치 사장의 가족들이 위협을 받았다는 소리는 들었소. 하지만 그걸 핑계로 해서 비리를 저지르면 안 되는 일입니다. 두 분은 말르쉐프에게서 위협을 받지 않았습니까?"

"사실 어젯밤 저에게 전화가 걸려왔습니다. 기존대로 다이아몬드를 공급하라는 전화였습니다."

기술적인 부분을 담당하는 알렉산더 이사의 말이었다.

말르쉐프는 말도 안 되는 가격으로 다이아몬드를 알로사에 구매해 갔다.

그리고 구매한 다이아몬드를 고가에 넘긴 후 루까노프 러시아연방 하원의장에게 일정 금액을 상납한 것이다.

루까노프라는 든든한 방패막이 있었기에 말르쉐프가 알로사의 임원들을 건드릴 수 있었다.

"알겠습니다. 두 분이 솔직하게 모든 것을 말해주서서 감사합니다. 이번 일은 제가 해결하겠습니다. 문제가 해결될 때까지 두 분에게 코사크의 경호원을 붙여드리겠습니다."

나의 말에 두 사람의 얼굴 표정이 환하게 바뀌었다. 알렉산더와 바실리 모두 코사크에 대해 잘 알고 있었다.

모스크바에서 어떤 경호업체보다 실력이 뛰어난 곳이라는 것을.

"정말 감사드립니다."

"최선을 다하겠습니다."

두 사람 다 내게 진심으로 고개를 숙이며 감사를 표했다.

그만큼 러시아에서 마피아는 두려운 존재였다.

러시아 전역에는 현재 3천 개 이상의 마피아 조직이 구성되어 있었다. 이들 조직에는 12만 명 이상이 패밀리의 일원으로 활동 중이며, 3만 5천여 개 이상의 합법적인 회사를 운영하고 있다.

러시아의 마피아는 고전적인 서방의 마피아와는 약간 다른 특징을 갖고 있다.

서방 마피아는 몇 개의 패밀리가 전국에 걸쳐 중앙에서 말단까지 조직 통제 능력을 갖추고 있어 법과의 마찰을 최대한 피하면서 세력을 확대해 간다. 그러나 러시아는 중앙이 따로 없이 수백 개의 패밀리가 독자적으로 활동하면서 지역 분할을 둘러싸고 피의 전쟁을 벌이고 있었다.

이들 마피아에 반항하는 사업가나 공직자들도 예외 없이 처형 대상이 되었고, 매년 1백여 명에 달하는 기업가와 기자, 그리고 공직자가 살해되고 있었다.

'말르쉐프와 루까노프 하원의장이라… 쉽게 처리할 수 있는 대상들이 아닌데…….'

말르쉐프는 구성원이 150~200명에 이르는 큰 조직으로 이는 코사크와 맞먹는 인원이었다.

말르쉐프 조직은 하부에 10~25명의 전과자나 무술유단자로 구성된 행동대를 두고 이런 행동대 3개를 중간보스가 관리하고 중간보스 서너 명을 두목이 관리하는 체제였다.

Chapter 4

　러시아에서 일을 마무리한 나는 한국행 비행기에 올랐다. 하지만 함께 러시아로 떠난 송 관장은 모스크바에 좀더 머물며 코사크의 인물들을 훈련시킬 예정이었다.

　한국으로 돌아가도 일이 끝난 것이 아니었다.

　중국에 세워지는 블루오션상하이에 대한 일을 처리해야만 했다.

　현재 블루오션과 명성전자의 직원들이 상하이에 도착하여 현지에서 채용된 박용서와 함께 사무실과 공장 세팅을 진행하고 있었다.

김포공항에 도착하자 공항 직원이 입국장 게이트를 다른 곳으로 안내했다.

그곳에는 처음 보는 인물이 나를 기다리고 있었다.

"청와대 김민우 비서관이라고 합니다. 이렇게 갑작스럽게 인사드리는 것이 실례가 되는 줄 압니다만 좀 급한 일이라서요."

자신을 소개한 김민우는 외교를 담당하는 2급 비서관이었다.

현재 청와대는 53명의 1~3급 비서관이 있었다.

"무슨 일 때문입니까?"

김민우의 입에서 예상치 못한 말이 나왔다.

"VIP께서 비공식으로 뵙자고 하십니다."

'VIP라면… 그분이 왜 날 보자고 하는 걸까?'

"지금 당장 말입니까?"

"예. 많이 피곤하시겠지만, 시간을 내주시면 고맙겠습니다."

"이유가 뭔지 물어봐도 되겠습니까?"

"가면서 말씀드리면 안 되겠습니까? 이곳은 보는 눈이 많아서요."

청와대 비서관까지 보내서 날 부른 거라면 일반적인 일은 아니었다.

"알겠습니다. 여기 있는 저희 직원들과는 함께 움직이겠습니다."

나는 김만철과 티토브 정을 가리켰다.

"예, 그렇게 하십시오."

김민우는 흔쾌히 허락했다.

공항 밖에는 외부에서 안을 들여다볼 수 없는 미니버스가 준비되어 있었다.

김민우와 함께 올라탄 차는 청와대가 위치한 삼청동으로 방향을 잡았다.

"절 왜 보자고 하시는지요?"

"강태수 대표님이 꼭 필요해서입니다. 북쪽에서 저희에게 갑작스럽게 제의를 하나 해왔습니다. 러시아에서 개발된 천연가스나 원유를 이송하는 송유관과 가스관 설치에 협조하겠다는 제안이었습니다. 아직 그 의중을 파악 중이지만 김일성 주석의 명의로 보내온 전문이라 현실성이 높은 제안입니다."

김만우의 말은 충격적일 정도로 대단한 것이었다.

이 말이 사실이라면 룩오일과 노바테크에서 생산된 가스를 남한은 물론 일본까지 공급할 수 있었고, 한국과 룩오일에게는 크나큰 이익이 될 수 있는 일이었다.

"지금 하신 말이 정말 사실입니까?"

솔직히 믿기 힘든 이야기였다.

북한을 통과하여 남쪽으로 향하는 열차와 송유관 이야기는 언론에서 단골로 오르내리는 소재였지만, 현실적으로 극복해야 하는 일들이 너무 많았다.

가장 큰 문제는 남북한을 가로막고 있는 휴전선과 송유관의 안전 보장이었다.

송유관 설치에는 상당한 자금이 들어가기 때문에 만약 북한이 딴마음을 먹으면 큰 타격을 받을 수 있었다.

"예, 그래서 강태수 대표님을 보자고 하신 것입니다. 현재까지 이 사실은 외부로 전혀 알려지지 않았습니다. 강 대표님께서 이 점을 숙지해 주시길 바랍니다."

김민우의 말에 머릿속이 복잡해졌다.

정권 말기의 정부에게 북한이 이러한 제의를 한다는 저의가 의심스러웠다.

더구나 김일성은 앞으로 2년 후, 1994년 7월 8일 당시 대통령으로 선출된 김용삼 대통령과의 남북회담을 보름여 앞두고 심장병으로 죽음을 맞게 된다.

북한은 절대적인 공산독재 국가인 만큼, 권력을 잡는 지도자의 성향에 따라 어떻게 정책이 변할지 모른다. 김일성 때 잘 추진되던 사업과 정책도 김정일이 뒤집어 버리면 하소연할 데도 없는 것이다.

미니버스는 곧장 청대로 들어가는 것이 아니라 삼청터널이 있는 쪽으로 향하다가 민간이 접근할 수 없는 길로 빠졌다.

중무장한 군인들이 지키는 두 개의 철망으로 막아선 문을 통과하자 지하로가 나타났고, 미니버스는 지하로를 통해 청와대 안으로 들어섰다.

외부에서 전혀 알 수 없게 청와대로 진입할 수 있는 루트였다.

지하주차장에서 위로 연결되는 엘리베이터를 타고 올라가자 청와대 본관으로 연결되는 통로가 나타났다.

내가 안내된 곳은 청와대 본관에서 조금 떨어진 곳에 위치한 건물이었다.

사전에 이야기되었는지 건물을 경비하는 경비원들은 우리를 제지하지 않고 곧바로 문을 열어주었다.

"두 분께서는 여기서 기다려 주시기 바랍니다."

김민우 비서관은 김만철과 티토브 정에게 정중히 말했다.

두 사람은 나를 쳐다보았고 내가 고개를 끄떡이자 주변에 있는 의자에 앉았다.

김민우는 앞쪽에 보이는 방으로 나를 끝까지 안내했다.

방 안에는 두 사람이 있었다.

한 명은 나를 보자고 했던 노태우 대통령과 다른 하나는 6공화국의 실세 중의 실세인 박철재 정무장관이었다.

"각하, 강태수 대표님을 모시고 왔습니다."

김민우 비서관이 노태우 대통령에게 고개를 숙이며 말했다.

"어서 오세요. 하하하! 이것 말로만 들었는데 정말 젊으십니다."

노태우 대통령은 날 보며 말했다. 누구나 나의 모습을 보게 되면 의례적으로 하는 말이었다.

"예, 강태수라고 합니다."

"자, 이리로 앉으세요. 여기는 박철재 정무장관이고. 두 사람이 만난 적은 없지요?"

"예, 오늘 처음 뵙습니다. 박철재라고 합니다. 정말 큰 사업을 러시아에서 벌이고 계시더군요."

박철재 정무장관은 나에게 손을 내밀며 악수를 청했다.

"예, 강태수입니다."

마주 잡은 박철재의 손에서는 강한 기운이 느껴졌다.

6공화국의 실세이자 노태우 대통령 당선의 일등 공신으로서 6공화국 정부를 세우는 데 크게 이바지한 인물이었다.

또한 전 대통령인 전두환의 영향력을 제거하고 노태우를

명실상부한 대통령으로 만든 것도 그의 작품이다.

현재 정민당의 대권후보로도 거론되고 있었지만, 정민당의 중심축에 하나인 한종태 사무총장이 김용삼을 지지하자 점차 뒤로 밀려나고 있었다.

"그럼 저는 나가보겠습니다."

"그래요. 수고했어요."

나를 데려온 김민우 비서관이 고개를 숙이고 밖으로 나갔다.

"김민우 비서관에게 대략적인 이야기는 들었을 것입니다. 북쪽에서 아주 큰 결심을 한 것 같아요. 자세한 내용은 여기 있는 박 장관이 설명해 줄 것입니다."

노태우 대통령은 박철재 장관을 보며 말했다

박철재는 1985년부터 1991년까지 대통령의 전권을 위임받은 대북 밀사로 남북문제를 담당했다.

42차례의 남북 간 비밀 접촉을 통해 김일성 주석, 허담 비서, 한시해 대표 등을 만나 민족 문제를 논의했다.

5공화국 시절 박철언은 안기부장 특보 자격으로 북한을 방북해 1985년 분단 후 최초로 남북 고향 방문단 · 예술단의 상호 방문을 성사시켰다. 그리고 1990년에는 서울과 평양에서 열린 남북 축구 교환 경기를, 1991년에는 세계탁구선수권대회와 세계청소년 축구선수권대회에서의 남북 단

일 팀 출전 등의 결실을 거두기도 했다.

"우선 제가 드리는 말씀은 절대로 외부로 발설해서는 안되는 일입니다."

"물론입니다."

박철재는 내 대답을 듣고는 다시금 입을 열었다.

"북한의 김일성 주석이 다시금 전면에 나서려고 합니다. 북한은 현재 89년 이후부터 연속된 흉작으로 인한 식량난과 대내외 여건의 급격한 변화로 경제 상황이 악화일로에 있습니다. 그건 즉, 김정일이 주도했던 제3차 7개년 경제계획이 실패한 것을 뜻하지요. 더욱이 구소련과 동유럽의 몰락은 더욱더 북한 경제를 악화시키고 있습니다. 북한의 실권을 장악하고 있던 김정일은 경제의 어려움을 김일성에게 제대로 보고를……."

박철재 정무장관은 나에게 북한의 실정을 자세히 설명해 주었다.

수시로 북한을 방문했던 그였기에 누구보다 북한에 대한 정보를 잘 파악하고 있었다.

현재 북한의 실권은 모두 김정일이 가지고 있었다.

"김일성의 눈과 귀를 가리고 있었지만, 북한 경제의 피폐함이 김일성의 눈에도 들어온 것입니다. 북한의 식량난은 우리가 생각한 것보다 더욱 심각한 상태로 평양을 제외한 지방에 제대로 배급이 이루어지지 않아 아사자까지 발생하고 있다고 합니다. 그러한 보고를 받은 김일성이 크게 대로하여……."

북한 경제의 몰락에 타격을 가한 것은 구소련의 붕괴였다. 북한에 상당한 원유를 값싸게 공급하던 구소련은 러시아로 바뀐 뒤 북한에 지원했던 모든 원유 공급을 중단했다.

낡은 발전 시설에다가 원유 공급마저 부족해지자 전력 생산이 줄어들었다. 거기에 연속된 흉작과 부족한 전력난으로 인해 비료 생산이 원하는 만큼 이뤄지지 않자 식량 생산이 더욱 급격히 떨어진 상태였다.

"이번 송유관 제의는 부족한 원유의 공급과 외화를 벌어들이려고 하는 목적에서 나온 것 같습니다. 저희가 최근에 입수한 정보에는 김일성이 식량을 풀어 민심을 아우르라는 말을 김정일에게 전했지만 이루어지지 않았다고 합니다. 이런 여러 가지 사정들을 종합해 볼 때, 김일성은 남북한의 긴장 완화와 경제 협력을 통해서 어려운 북한 경제에 활로를 불어넣고, 남북한 대화의 물꼬를 틀 수 있는 한 방법으로 송유관을 들고 나온 것이 분명합니다. 그 이면에는 강태수 대표님이 알게 모르게 한몫 거드셨습니다. 이번에 한국 정부와 룩오일의 협력으로 발견한 가스전이 그 도화선이 되었던 거지요."

한국 정부는 엄밀히 말하자면 1억 5천만 달러를 룩오일에 제공하는 대가로 코뷔트킨스크 가스전 발견을 정부에서 주도한 것처럼 발표할 수 있었다.

그런데 이러한 한국 정부의 발표를 접한 김일성이 코뷔트킨스크에서 생산하게 되는 원유와 가스를 대상으로 하는 송유관과 가스관을 협상 전략으로 들고 나온 것이다.

'역사에 없던 일들이 발생하니 이런 결과로도 이어지는구나. 정말 송유관이 북한을 통과할 수만 있다면 룩오일뿐만 아니라 남북한 경제에도 크게 도약할 수 있는 계기가 된다. 문제는 김일성이 2년 후에 죽는다는 것인데…….'

"제가 어떻게 하시길 원하십니까?"

나는 박철재에게 물었다.

그가 특급 정보에 해당하는 북한의 사정을 나에게 알려준 것은 분명 목적이 있어서였다.

"강태수 대표님께서 저와 함께 북으로 올라가 전문가로서 송유관 건설에 대한 타당성 조사를 해주셨으면 합니다. 북한의 의중을 정확히 파악할 겸 말입니다. 가능성이 크다면 정부 차원에서 적극적으로 강태수 대표님이 이끄시는 룩오일을 지원해 드리겠습니다."

박철재는 노태우 대통령과 나를 번갈아 쳐다보며 말했다. 내가 바로 답을 하지 못하자 노태우 대통령이 입을 열었다.

"북한의 닫힌 빗장을 풀 수 있는 좋은 계기가 될 수 있습니다. 차기 정부에서도 이 문제를 적극적으로 지원할 것입니다."

북한지역에 남쪽으로 향하는 송유관 건설이 이루어진다면 노태우 대통령이 재임 기간 추진했던 북방외교의 정점을 찍는 일이 될 수 있었다.

"북한에는 언제쯤 가게 됩니까?"

"북쪽과 협의 중입니다만 늦어도 10일 후가 될 것입니다. 만약 변수가 생긴다면 더 빨라질 수도 있습니다."

'중국에도 한 번 들어가야 하고, 국내에도 처리해야 할 일이 많은 상황인데… 그런 상황을 이야기해 봤자 내 일정에는 맞추지 않을 테고…….'

러시아에 머문 시간이 예상보다 길어졌었다. 중국과 국내 회사들의 일을 처리하기에는 시간이 너무 촉박했다.

"알겠습니다. 적극적으로 협조하겠습니다."

내 말에 노태우 대통령과 박철재는 흡족한 표정을 지었다.

"하하하! 강태수 대표께서 힘을 써주시는 만큼 정부에서도 적극적으로 도와드릴 것입니다. 나머지는 박 장관과 잘 이야기하십시오. 저는 이만 일이 있어서."

웃으면서 말하는 노태우 대통령은 내게 손을 내밀어 악수를 청했다.

나는 고개를 숙이며 그가 내민 손을 잡았다. 내 어깨를 두드린 노태우 대통령은 방을 나갔다.

"각하께서 강태수 대표님을 좋아하시는 것 같습니다. 저리 밝은 웃음소리는 근래에는 듣기 힘들었습니다."

"아, 그렇습니까. 한데 방북 기간은 어느 정도나 되겠습니까? 기간에 따라서 회사 일정을 조정해야 할 것 같아서요."

"하하! 요새 무척 바쁘시지요. 아마 늦어도 일주일 정도면 되지 않을까 예상됩니다. 보통은 3~4일이면 되겠지만, 이번 일은 특수한 경우라서 기간이 늘어날 수 있습니다."

"방북 기업인은 저 하나뿐입니까?"

"대산그룹의 이대수 회장이 동행할 것입니다. 일을 진행하게 되면 건설 분야를 담당할 곳이 필요해서요."

대산그룹은 현 정권과 관계가 좋았다. 아니, 박철재 정무장관과 대산그룹이 밀월 관계였다.

"제가 듣기로는 현대그룹이 북한 투자에 적극적이라 들었습니다만?"

현대그룹을 이끄는 정주영 회장은 북한의 관계자들과도 두루두루 친했다. 더구나 현대건설은 국내 건설 분야에서 가장 선두에 있었다.

"현대도 고려해 봤지만 요새 정 회장께서 경제보다는 정치에 관심을 두고 계셔서요. 세부적인 상황은 별도로 통보해 드리겠습니다. 강태수 대표님께서 협조해 주신 만큼 그보답은 꼭 돌려받으실 것입니다. 자, 우리 한번 잘해봅시다."

박철재는 입가에 웃음을 띠며 내게 다시 손을 내밀었다.

정민당에 적지 않은 영향력을 행사하는 박철재는 대권에 대한 미련을 버리지 못하고 있었다.

*   *   *

청와대에서 돌아온 나는 머릿속에는 북한에 대한 생각으로 가득했다.

'코뷔트킨스크 지역의 송유관이 한국까지 이어지게 된다면 사하공화국까지 연결망을 형성할 수도 있겠지. 문제는 김일성 사후인데…….'

"뭘 그렇게 생각하고 있어? 몇 번을 불러도 대답도 않고."

풀리지 않는 문제에 고민하던 나는 가인이의 목소리를 듣고서야 생각에서 벗어날 수 있었다.

"어! 그랬어."

"내려와서 식사해."

"그래야지."

청와대를 방문하는 바람에 늦은 저녁이 되고 말았다.

예인이는 내가 좋아하는 아귀찜과 갈비를 식탁 위에 차려놓았다.

매번 느끼는 것이지만 예인이의 요리 솜씨는 나이에 비해서 정말 훌륭했다.

맛은 물론이고 음식을 보기 좋게 요리해 내어놓아 더 맛깔스러웠다.

향기로운 미나리에 아삭아삭한 콩나물에 미더덕까지 가미된 아귀찜에서 나는 맛있는 냄새가 코를 자극했다.

"이야! 냄새 죽인다. 역시 예인이가 최고의 요리사다."

나는 예인이에게 엄지를 치켜들며 말했다. 예인이 표 아귀찜은 맛집과 비교해도 전혀 뒤떨어지지 않았다.

"맛있게 먹어. 양은 충분하니까."

"엄청나게 먹을 거다."

식탁에 앉자마자 나는 아귀찜을 들어서 입으로 가져갔다. 아귀의 쫄깃쫄깃한 맛이 매콤한 양념과 너무나 잘 버무려져 맛이 일품이었다.

너무 맵지도, 그렇다고 짜지도 않은 양념 비법은 부산에

사시는 예인이의 외할머님이 전수해 준 것이다.

"아! 이 맛이다. 모스크바에서 얼마나 먹고 싶었다고. 송 관장님이 맛보지 못하시는 게 안타깝네."

"아빠는 언제쯤 오시는데?"

내 말에 예인이가 물었다.

"원래는 함께 들어오려고 했는데, 관장님께서 코사크의 훈련체계를 확실히 갖추어 놓고 오시겠다고 하셔서."

송 관장이 러시아로 함께 간 이유가 코사크 때문이라는 것을 가인이와 예인이도 잘 알고 있었다.

"아빠가 꽤 흥미를 느끼시나 봐?"

"어, 적성에 맞는 일을 찾으신 것 같아. 코사크의 직원들도 다들 관장님을 잘 따르고 하니까. 옛날처럼 제자들에게 배신을 당할 일도 없으시고."

"잘됐다. 솔직히 난 아빠가 배를 타시는 것보다 예전처럼 사람들을 가르치시는 일을 하시는 게 더 좋더라."

내 말에 예인이가 환한 미소를 띠며 말했다.

"앞으로는 배를 타시는 일은 없을 거야. 아직은 어디에 소속되시지는 않았지만, 차장 직급의 대우와 그에 맞는 월급을 받고 계시니까."

송 관장은 아직 한국에 경비업체가 만들어지지 않아서 우선은 프리랜서 형태로 일하기로 했다.

"처음 회사에 들어가시는 건데 벌써 차장인 거야? 누가 뭐라 그러지 않아?"

예인이가 내 말에 눈이 동그래지며 물었다.

"가지고 계신 실력이 출중하시잖아. 처음에는 그런 말이 있을지 몰라도 곧 인정받으실걸?"

"하긴 그렇겠다."

"이 갈비도 정말 꿀맛이다. 가인이도 예인이처럼 요리를 잘했으면 좋겠는데."

입안에서 씹히던 소갈비는 솜사탕처럼 스르륵 녹아버리듯이 식도로 넘어갔다.

"이 갈비는 언니가 한 거야. 오빠가 온다고 얼마나 열심히 음식 준비를 했는데."

"정말이야?"

예인이의 말에 난 가인이를 바라보았다.

"먹을 만해?"

"야아! 정말 죽이게 맛있다."

난 일부러 더 과장되게 말하며 그릇에 담긴 갈비 중에서 가장 큰 것을 집어 입으로 뜯었다.

예인이가 해주었던 갈비찜과 구별할 수 없을 정도로 맛있긴 했다.

"언니가 오빠 때문에 많이 달라졌어."

"좋은 쪽으로 변하는 것은 좋은 거지."

"그전에는 별로 안 좋았던 것처럼 들린다?"

"그게 아니라, 요리는 늘 예인이가 했는데 네가 이렇게 맛있는 요리를 한다는 것이 놀랍고 발전적이라는 말이지."

"나 같이 예쁘고 완벽한 여자가 요리까지 잘하게 되었으니까 조심해."

"뭘 조심해?"

"괜찮은 남자들이 사방에서 들이대니까 말이야."

"너 혹시 나 없는 사이에 미팅 나갔어?"

남자 이야기를 꺼내는 가인이의 말이 뭔가 이상했다.

"미팅같이 시시껄렁한 것은 내 취미가 아니야."

"그런데 이런 말을 하는 저의가 뭐야?"

"언니한테 가수 이덕진이 전화번호를 물어봤대."

이덕진은 '내가 아는 한 가지'라는 노래로 요즘 크게 인기를 끌고 있는 가수였다.

"이덕진을 어디서 봤는데?"

가인이는 웬만한 여배우들보다도 훨씬 뛰어난 미모와 몸매를 가지고 있었다. 거기에다가 어려서부터 매일 운동을 해온 덕분에 체형이 다른 여자들과는 차원이 다르게 아름다웠다.

가인이를 제대로 봤다면 가수 이덕진이 가인이에게 호감

을 보이는 것은 당연하다고 할 수 있었다.

"목소리 톤이 좀 올라간다."

"아니, 지금 상냥하게 말할 상황이야? 남자친구는 러시아에서 뼈 빠지게 일하는 동안……."

나는 말을 다 잊지 못했다. 가인이가 검지를 들어 내 입을 막았기 때문이다.

"입안에 음식이나 다 먹고 말해. 방송국에 일하는 선배 만나러 갔다가 이덕진이 날 본 거야. 보자마자 나한테 반한 거지."

"그래서 전화번호를 알려줬어?"

"아니, 전화번호는 알려주지 않았지. 다른 번호를 알려줬지."

"뭐? 삐삐번호?"

"뭘 그런 걸 꼬치꼬치 캐물어. 밥이나 마저 먹어."

"야, 이런 상황에 밥이 목구멍에 넘어가겠어. 알려줬어? 안 알려줬어?"

"그렇게 신경 쓰여?"

"아휴! 그걸 말이라고 하냐. 서로 간에 믿음과 신뢰가 있어야지. 난 말이야 외국에 나가면 여자는 아예 쳐다보지도 않는다."

가인이에겐 미안했지만 실제로는 그렇지 못했다. 러시아

에 새롭게 뽑은 비서 이리나도 상당한 미모를 자랑하는 여인이다.

"그 말, 믿어도 되는 거야?"

"당연하지. 난 오로지 가인이 너뿐이야. 정말 이덕진에게 삐삐번호를 준 거야?"

"좋아. 앞으로도 쭉 그런 정신으로 살아. 그리고 내가 삐삐번호를 왜 주겠어? 이렇게 멋진 남자친구가 옆에 있는데."

가인이의 말에 순간 나도 모르게 헤벌레 입이 벌어졌다.

"당연히 그래야지. 아니, 이덕진은 왜 너한테 치근덕거린 거야?"

"왜겠어? 이쁜 게 죄지."

가인이의 말은 틀리지 않았다. 어딜 가든지 가인이와 예인이는 주목을 받았고 남자들의 대시에 시달렸다.

"하긴 네 말이 맞다."

"방송국 관계자들도 서로 명함을 주려고 난리가 아니었어. 후! 다시는 가면 안 될 곳이야."

짧은 한숨을 쉬며 말하는 가인이의 표정을 보니 얼마나 사람들에게 시달렸는지 알 만했다.

올해 들어서 성숙함까지 갖추게 되자 가인이와 예인이의 미모가 한층 더 눈에 떠 띄었다.

"그렇다고 얼굴을 가리고 다닐 수도 없잖아."

"그렇게 말이야. 여자친구가 이렇게 예뻐서 걱정이 많겠어."

내 말에 가인이가 고개를 끄덕이며 맞장구를 쳤다.

"그런 걱정은 해도 돼. 못생겨서 걱정하는 것보다는 나으니까."

"그런가……? 근데 정말 휴학할 거야?"

"어, 군대 문제를 해결하려면 병역특례로 회사에서 근무해야 하거든."

"오빠랑 같이 학교 다니는 게 좋았는데."

예인이가 아쉽다는 듯이 말했다.

"어쩔 수 없지. 국방의 의무를 이렇게라도 해야 하니까."

"학업을 병행할 수는 없는 거지?"

가인이도 아쉬운 듯 물었다. 가인이는 학교 다닐 때 늘 내 팔짱을 끼고 다녔었다.

"힘들어. 회사 일도 너무 많아졌고."

"너무 일을 만드는 거 아냐?"

"그렇게 말이다. 하다 보니까 계속해서 회사가 늘어나네."

"이 나이에 오빠처럼 일하는 사람도 없을 거다."

"맞는 말이야. 혹시 관장님이 숨겨 놓은 술 없어? 이렇게 맛있는 요리를 술 없이 먹기가 좀 그런데."

"있을걸?"

내 말에 가인이가 송 관장의 방으로 들어갔다. 그러고는 술병 하나를 가지고 나왔다.

그 병에는 산삼처럼 보이는 삼이 3개나 들어가 있었다.

그러고 보니 예전에 귀한 삼으로 술을 담갔다고 자랑했던 것 같기도 했다.

"아빠가 아끼는 술인 것 같던데, 조금만 마셔봐."

가인이가 술병의 마개를 따자 향긋한 향이 올라왔다.

'송 관장님께 왠지 미안한 마음이 드네.'

가인이가 따라주는 산삼주를 받아 마시면서 오랜만에 즐거운 저녁 식사 시간을 가졌다.

Chapter 5

사람은 모두 그럴싸하게 보이는 상대를 만나면 고개를 숙이는 습성을 갖고 있다. 그러면 상대는 금방 우쭐하여 그럴싸한 처신을 보인다.

이중호 앞에 무릎을 꿇고 있는 인물은 대산식품의 노지훈이었다.

그는 이중호가 대호식품으로 출근하는 첫날부터 싫어하는 빛이 역력했고 그를 힘들게 했었다.

"몰라뵙고 죽을죄를 지었습니다."

노지훈은 얼마 안 있어 이중호가 대산그룹의 후계자라는

것을 알게 되었다.

"갑자기 왜 그러십니까? 노 선배가 늘 하던 대로 하세요."

"한 번만 용서해 주십시오."

"후후! 뭘 용서한다는 말입니까?"

이중호는 지렁이를 보는 듯이 경멸에 찬 눈빛으로 노지훈 바라보며 말했다.

"제가 행동했던 모든 것이 잘못되었습니다."

노지훈은 당장 회사를 때려치울 수도 없었다. 그는 이번 달에 결혼식이 있었다.

직장을 잃고서 결혼식을 올리고 싶지 않았다. 더구나 지금 앞에 있는 대산그룹의 후계자인 이중호가 힘을 쓴다면 어떤 회사를 지원해도 원만하게 들어가거나 다닐 수가 없었다.

"당당하셨던 분이 갑자기 이런 모습을 보이시니 당황스럽네요. 뭘 잘못했는지 구체적으로 말해보세요."

"구체적이라는 것이 뭘 말씀하시는 건지……."

"노 선배, 머리가 안 돌아가요? 잘못한 것이 있다면서요. 그럼 언제, 어떻게 잘못했는지 하나하나 말해보라는 말이에요. 시발, 이해력이 이렇게 떨어져서야."

이중호의 말에 노지훈은 침을 삼키며 자신이 잘못했다고

생각되는 일을 하나씩 말하기 시작했다.

"제가 첫날에 커피를……."

"이야! 노 선배 그걸 다 기억하고 있었네. 이제 보니까 머리가 굴러가기는 하네요."

이중호는 모욕감과 수치심을 주는 말을 서슴없이 노지훈에게 내뱉고 있었지만, 그는 한마디도 대꾸하지 못한 채 고개만 숙이고 있었다.

이중호가 만약 자신의 상사였다면 노지훈은 가만있지 않았을 거다. 하지만 이중호에게는 그렇게 할 수 없었다.

강자 앞에서 약하고 약자 앞에서 강한 노지훈은 자신이 올려다볼 수 없는 위치에 있는 그에게 대들 용기조차 나지 않았다.

"앞으로 열심히 일하겠습니다. 한 번만 용서해 주시면 다시는 그럴 일이 없을 것입니다."

노지훈은 다시금 머리를 숙이며 말했다.

"그래요. 사람이 한 번쯤은 실수할 수도 있는 거죠."

이중호의 말에 노지훈은 숙였던 고개를 들었다.

"근데 말이야, 그 실수를 할 대상이 있고 절대 하지 말아야 할 사람이 있어. 한마디로 잘못을 하게 되면 좆되는 거지. 알아들어?"

노지훈은 이중호가 존댓말에서 말투가 반말로 바뀐 것도

모르는지 이중호의 말에 고개만 끄떡였다.

"예, 맞는 말씀입니다."

"근데 왜 생각 없이 깝죽대고 지랄이야? 생긴 건 멀쩡하게 생겨서."

이중호는 노지훈의 이마를 손가락으로 툭툭 밀며 말했다.

"제가 머저리라 몰라뵈었습니다. 알았으면 그렇게 행동하지 않았을 것입니다."

"대가리 박아."

"예?"

"대가리 박으라고."

고양이 앞에 쥐었다.

"아, 예."

노지훈은 자신이 무엇을 하는지도 모른 채 이중호가 시키는 대로 바닥에 머리를 박았다.

이중호는 뒷주머니에서 담배를 꺼내 입에 물었다. 건강을 위해 끊었던 담배였지만 대산식품에서 일을 시작한 날부터 다시 피우게 되었다.

이중호는 담배 연기를 허공으로 내뱉으며 입을 열었다.

"후! 세상 살기가 쉽지 않아. 한마디로 엿 같고 좆같지. 어떤 놈은 태어났는데, 금수저를 떡하니 물고서 평생을 고생하지 않을 것처럼 살고 말이야. 더 좆같은 것은 그런 놈을 위해서 누구는 뼈 빠지게 일해야 한다는 거지. 그런데 말이야, 억울하면 출세하라고 하는데 그게 쉽지가 않아. 개중에는 개천에서 용이 난다고 하는데, 그놈들도 말이야 다들 나 같은 사람을 위해서 용을 쓰면서 일하지. 그게 세상이 돌아가는 이치야. 어이! 노지훈 씨."

"으으! 예."

노지훈은 힘이 드는지 신음성을 내며 말했다.

"힘들지?"

"아닙니다."

"이것도 인연인데 내가 일거리 하나 줄까?"

"예, 뭐든지 시키시면 다 하겠습니다."

"그만 일어나."

"예, 감사합니다."

노지훈은 어느 순간부터 이중호가 시키는 것이라면 무조건 따라야 한다는 생각이 머릿속에 자리 잡았다.

"오늘부터 대산식품에서 일어나는 일들을 나한테 보고해. 뒷구멍으로 돈을 받아 처먹는 놈이나, 납품비리 같은 것들을 어떻게든 알아와. 무슨 말인지 알지?"

"예, 확실히 하겠습니다."

"후후! 그래요. 이제부터 나도 대산식품을 위해 일 좀 해봅시다."

이중호는 노지훈의 어깨를 두드리며 말했다.

그가 한 달간 대산식품에서 일하면서 보고 느꼈던 것은 노지훈처럼 무능한 인간들이 대산식품에는 너무 많다는 것이었다.

이참에 대산식품을 자신을 인정하고 따르는 사람들로 바꾸고 싶다는 생각이 이중호에 머릿속에 들어 있었다.

대산그룹에는 이중호를 후계자로 인정하지 않는 인물들이 적지 않았다.

그중에 아버지 이대산과 창업 동지이자 그룹 부회장인 김덕현이 특히 그랬다. 더구나 대산식품 사장은 김덕현 라인이었다.

*   *   *

근 한 달 만에 국내로 돌아왔다.

우선하여 처리해야 할 일들을 위해서 회사를 순회하듯이 바쁘게 돌아다녔다.

닉스는 이제 내가 없어도 잘 돌아갔다. 국내는 물론 미국에서 주문해 오는 물량을 소화해 내기 위해서 부산 공장은 쉴 틈이 없었다.

"후유! 미국도 방문해야 하는데 일정이 이렇게 빡빡해서야."

스케줄이 적힌 노트를 바라보자 절로 한숨이 나왔다.

북한을 방문해야 하는 일만 없다면 상하이에서 일을 본 다음에 미국으로 날아가려 했다.

다음 달 초 설립되는 미국 닉스 법인과 함께 뉴욕에 개설되는 소빈뱅크의 지점을 방문하기 위해서였다.

하지만 지금 예정되었던 모든 일정을 다시 잡아야만 했다.

"닉스에 도착했습니다."

운전기사의 말에 나는 서둘러 본사로 들어갔다. 내가 본사를 방문하는 일정에 맞추어 부산에서 한광민 소장이 올라왔다.

신제품 품평회와 신발 생산량에 관련된 회의가 있었다.

미국에서 조성되고 있는 닉스 신발의 인기가 일본에서도 이어질 분위기였다.

그 때문인지 주문량을 더 늘려달라는 요청을 미쓰코시백화점에서 공식적으로 해왔다.

미쓰코시미도파와 함께 부산에도 판매장을 하나를 늘린 덕분에 국내 판매량도 더 늘어났다.

이래저래 신발 생산량이 문제였다.

거기에다가 서태지와 아이들을 등에 업고 론칭한 닉스프리의 인기가 하늘을 찌르고 있었다.

내가 눈코 뜰 새 없이 바쁜 것처럼 닉스 직원들도 마찬가지였다.

"오랜만입니다. 그동안 잘 지내셨습니까?"

"야, 이거. 너무 오랜만에 얼굴을 보여주는 거 아니야?"

대표실에서 기다리고 있던 한광민 소장이 날 보자마자 채근하듯이 말했다.

"저도 그게 쉽지가 않네요."

"강 대표가 러시아에서 관여하고 있는 회사가 도대체 몇 개야?"

한광민 소장은 궁금하듯 물었다. 아직 그에게 자세한 내용을 말하지 않고 있었지만, 대략적인 상황은 알고 있었다.

"이번에 2개가 더 늘어났으니까, 여섯 개가 됐네요."

"허! 한국에 있는 회사들보다 많은 거네?"

한광민 소장은 놀란 모습으로 물었다.

한국에서 내가 운영하는 회사들은 총 다섯 개였다.

"그러네요. 공장은 바쁘죠?"

"말도 마. 자네 보려고 나도 간신히 시간을 내서 올라온 거니까. 이거 공장을 확장해도 이 모양이니."

1공장과 2공장에 이어서 닉스 제3공장을 운영하는 상황에서도 신발 공급이 달렸다.

모스크바에 머물 때도 국내 회사들의 업무 보고를 받았기 때문에 돌아가는 사정은 알고 있었다.

"미국의 주문 물량이 생각보다 많아지는데요?"

마이클 조던을 내세운 광고 전략은 예상대로 미국을 비롯한 한국과 일본에서도 큰 성공을 거두고 있었다.

그에 따라 에어조던의 인기도 폭발적인 성장을 보이고 있었다.

"이러다가 잘못하면 올해는 백만 켤레를 수출할지도 모르겠어."

현재 닉스 부산 공장은 야근은 필수였고, 주말에도 신발 생산을 이어가고 있었다.

부산에 있는 다른 신발업체와 비교하면 정말 놀라운 일이었다.

"직원들이 힘들어하는 것 아닌지 모르겠습니다."

"힘들어도 다들 좋아해. 주변 공장들은 한참 일을 해야 할 때 공장 불이 꺼져 있으니까. 닉스를 빼면 요새 신발산업 전체가 위기잖아."

올해 들어서도 부산의 신발 산업은 더 나빠질 뿐이지 경기가 살아날 기미가 전혀 없었다.

이미 인건비를 줄이기 위해서 동남아와 중국으로 떠날

회사들은 대부분 떠나갔다.

"큰일이네요."

"진작 OEM(주문자상표 부착생산)에서 벗어나 독자적으로 자기 상표도 만들고 디자인에 과감하게 투자를 해야 했는데, 너무 안일했던 거지."

"닉스도 그 점을 반면교사(反面敎師)로 삼아야지요. 앞으로도 닉스는 더더욱 디자인과 기술 개발에 투자를 늘려야 합니다."

"맞는 말이야. 손재주와 생산 기술은 우리나라가 최고야. 거기에 디자인만 잘 나와준다면 지금 같은 인기는 계속 지속될 거야."

"그래서 디자인 쪽 직원들을 폭넓게 채용하려고 합니다."

"폭넓게라니?"

"유학생과 외국의 인재들도 채용해야지요. 닉스는 이제 국내 판매에만 매달릴 시기는 지난 것 같습니다."

"음, 너무 빠른 것 아냐? 지금도 잘하고 있는데."

"1~2년은 문제없지만 10년 이상을 지금처럼 이끌어가려면 새로운 발상과 변화가 디자인에 항상 접목돼야 합니다. 어느 순간 팔리는 제품만 만들다 보면 고인 물처럼 정체될 때가 올 것입니다. 고인 물이 되지 않게끔 사방에서 새로운 물줄기들이 들어와야 합니다."

"음, 틀린 말이 아니야. 역시 우리 강 대표는 한 발이 아니라 서너 발자국씩 앞서간다니까. 한데 외국인들이 들어오면 언어 문제는 어떻게 하려고?"

"세계적인 기업이 되려면 결국 영어가 필요합니다. 가장 큰 매출도 영미권에서 나올 거고요. 회사에서 직원들에게 어학교육을 지원해야지요. 지금 당장은 아니더라도 앞으로 영어를 배워야 할 것입니다."

이미 디자인에 참고할 만한 디자인 전문서적 대부분이 영어로 출판되고 있었기에 현재 디자인센터에 근무하는 직원들 중 상당수는 영어를 어느 정도는 구사할 수 있었다.

지금 닉스에게 칼을 갈고 있는 나이키와 아디다스, 리복, 퓨마 등 세계적인 신발브랜드들은 닉스의 서너 배가 넘어서는 디자이너들을 거느리고 있었다.

닉스는 미래를 알고 있는 내 머리에서 나온 마케팅전략과 당대의 스포츠 스타인 마이클 조던, 그리고 헌신적이고 실력이 뛰어난 닉스 직원들의 열정이 맞물려 큰 시너지를 내고 있었다.

이 시너지를 지속하려면 생산 시설의 확장도 중요하지만, 경쟁업체와 비슷한 수준의 투자와 함께 감각적이고 창의적인 디자이너들을 영입해야만 한다.

"난 강 대표가 어디까지 갈지 가장 궁금해. 2년밖에 지나지 않았는데 닉스가 이렇게까지 성장할지 누가 알았겠어?"

"저 혼자 한 게 아니지 않습니까. 한 소장님을 만나지 못했다면 닉스도 탄생하지 못했을 것입니다."

고등학생에 불과한 내 말을 믿고 따라준 한광민 소장이 없었다면 나 또한 지금처럼 사업을 늘릴 수 없었다.

닉스에서 나오는 이익금이 블루오션과 도시락에 투자되기 때문이다.

"하하하! 또 말이 그렇게 되나?"

한광민 소장은 호쾌한 웃음을 토해냈다.

가을을 겨냥한 닉스의 새로운 신상품은 신발 3종류와 닉스프리의 가을 제품들이었다. 신발은 농구화와 테니스화 그리고 런닝화였고 직원들의 투표로 선정되었다.

내가 러시아에 있었을 때 출시되었던 닉스의 스포츠샌들은 에어조던과 함께 여름 동안 선풍적인 인기를 끌었다.

출시 한 달 만에 생산된 샌들 20만 켤레가 모두 팔려 나갔다.

경쟁업체와는 다르게 매끈하고 뛰어난 디자인에다 닉스

기술진이 새롭게 개발한 닉스브라이트 미드솔에 코르크 에어백을 접목하여 경량성과 쿠셔닝을 강화해, 기존 샌들보다 장시간을 걸어도 가볍고 편안한 착용감을 선사했다.

검은색과 갈색 등 획일적인 샌들 색상에서 벗어나 다섯 종류의 색상을 더 추가했고, 여자 샌들에는 큐빅과 영문 이니셜 등 다양한 액세서리를 접목했다.

더구나 장마철이 길었던 탓에 샌들 매출이 더 늘어났다.

7~8월 2달 동안만 한정적으로 판매한 샌들은 품절된 후, 상당한 웃돈이 붙어 재판매되었다.

다른 업체들이 생각하지 못한 디자인과 과감한 색상의 선택은 닉스만의 문화로 정착되고 있었다.

이번에 출시되는 제품들도 디자인센터에서 탄생한 수십 개의 신발 디자인들을 물리친 제품들이었다.

닉스의 디자인센터는 꾸준히 실력을 갖춘 디자이너를 영입하고 뽑았고, 현재 여섯 개의 팀이 신발 디자인에 참여하고 있었다.

각 팀은 5~6명으로 구성되어 있었고 시즌별로 3개의 제품을 디자인해서 내놓았다.

신제품으로 선정되면 인사 점수와 함께 보너스를 받게 된다.

올해 론칭한 닉스프리 디자인 팀은 따로 독립한 상태였다. 현재 디자인센터에 근무하는 인원은 50명에 육박하고 있었다.

신제품은 예상대로 디자인과 품질이 남달랐다.

디자인센터와 부산에 위치한 기술연구소 직원들의 투표로 후보로 올랐던 12개의 디자인 중에서 결정한 제품들이었다.

"이번에도 제품이 아주 좋네요."

"디자인센터 자체품평회에서 떨어뜨린 디자인만 30여 개가 넘었습니다."

정수진 디자인센터장의 말이었다. 그녀는 센터장이 된 후 다시금 홍익대 패션디자인대학원 입학하여 자신이 부족하다고 여긴 공부를 이어가고 있었다.

"확실히 디자인적인 완성도와 색감이 이전보다도 더 나아진 것 같습니다."

"기술적인 부분에서도 지면 적응력을 높이고 발목과 무릎의 피로감을 완화할 수 있는 포모션(발 구조를 고려해서 제작된 밑창) 기능이 뒤꿈치에 장착되어 있어 발 전체에 전달되는 충격을 분산시켰고, 아웃솔 중앙에 있는 토션(비틀림) 시스템은 앞발과 뒷발의 독립적인 운동을 돕게 만들었습니다."

한광민 소장이 이끄는 기술연구소에서는 새로운 기술과 기능을 적용한 아웃솔(밑창)과 중창을 지속해서 개발해 내었다.

"런닝화에서는 발등을 지지해 주는 갑피의 디자인이 발의 뒤틀림을 안정적으로 잡아주고, 봉제라인을 없애 심플하고 매끈한 디자인으로 완성했습니다."

정수진 센터장의 말에 이어서 한광민 소장이 신제품의 장점을 어필했다.

닉스는 정말 잘 짜인 팀이었다.

디자인 감각이 탁월한 정수진 디자인센터장과 한국 최고의 기술을 지닌 한광민 소장이 만들어낸 팀워크가 절묘했기 때문이다.

"정말 두 분이 닉스에 함께 계시니 든든합니다."

"제가 하고 싶은 이야기를 먼저 하시면 어떡하세요? 대표님처럼 아낌없이 디자인 분야와 기술에 자금을 투자하는 분은 아마 한국에는 없을걸요. 거기에 남들보다 한발 앞서 가시는 경영 전략에는 감탄할 뿐이고요."

닉스에서 나오는 이익 중 상당한 금액이 정수진 센터장이 말한 것처럼 두 분야에 재투자되고 있었다.

"그건 맞는 말입니다. 그러니까 사람들이 닉스를 최고로 치는 거죠."

한광민 소장은 자신의 밑에 있었던 정수진이 서울 디자인센터로 옮긴 후부터 항상 존댓말을 썼다.

"하하하! 이거 신제품 발표장이 아니라 저희의 자화자찬(自畵自讚) 장이 된 것 같습니다."

"하하하! 그게 그렇게 되는 건가?"

"호호호! 대표님 말씀을 듣고 보니 그러네요."

내 말에 신제품 발표장에 있는 사람들 모두가 즐거운 웃음이 터져 나왔다.

닉스의 올해는 비약적인 도약을 하는 해가 되어가고 있었다.

미국법인이 설립되면 이익이 더욱 늘어날 전망이다.

닉스를 거쳐 블루오션과 명성전자의 일을 보았다. 두 회사 모두 순탄하게 잘 돌아가고 있었다.

이번에 블루오션에서는 가격을 떨어뜨리고 디자인을 더욱 단순화한 무선호출기 틴에이저를 발표했다.

십 대와 이십 대를 대상으로 삼은, 삐삐 입문용으로 생각할 수 있는 무선호출기였다.

무선호출기 시장에서 팔리는 기존의 무선호출기보다 35% 정도 저렴했다. 거기에 달걀 모양의 곡선을 지닌 앙증맞은 틴에이저는 무지개의 일곱 가지 색상으로 다양하게 출시되었다.

자신만의 개성을 살릴 수 있는 삐삐를 선택하라는 의미에서였다.

기존에 생각하지 못했던 십 대를 새로운 무선호출기 시장의 소비층으로 본 것이다. 거기에 액세서리 개념을 더욱 강조했다.

그렇다고 삐삐의 원기능이 떨어지는 것은 아니었다.

이번 작품도 닉스의 디자인센터와 함께 진행했고, 서태지와 아이들이 광고를 내보내기 전에 당연하듯이 TV 방송에 먼저 착용하면서 입소문이 났다.

한마디로 틴에이저는 대성공이었다.

오히려 타깃층으로 여겼던 10~20대는 물론이고 20~30대의 여성층에서 폭발적인 수요가 일어났다.

"허허! 이거 따라갈 만하면 핵폭탄을 터뜨리니……."

허탈한 웃음을 내뱉은 필립스코리아의 박명준은 보고 있던 신문을 내려놓으며 말했다.

절치부심해서 시장에 출시한 마하―3는 시장에서 호평을 받고 있었다.

부진했던 판매율도 상승 곡선을 그리고 있는 상황에서 블루오션에서 또다시 히트 제품을 내놓은 것이다.

그것도 자신이 전혀 생각지도 못한 소비층을 대상으로

말이다.

"10만 원도 안 되는 가격이라……."

박명준의 미간에 주름이 더욱 깊어지고 있었다.

명성전자 또한 닉스 못지않게 바쁘게 돌아가고 있었다.

블루오션에서 새롭게 출시한 틴에이저의 판매량이 예상을 뛰어넘고 있었기 때문이다.

"중국에 파견되는 직원들을 대체하고 늘어난 주문량을 위해서 이번 달에 신규로 열 명의 직원을 뽑았습니다."

이철용 이사가 명성전자의 진행 상황을 보고했다. 내가 국내에 없을 때는 그가 전적으로 명성전자를 이끌고 있었다.

"인력이 부족하지는 않겠습니까?"

"생산량이 늘어났지만 갑작스럽게 많은 인원을 늘리면 나중에 문제가 될 수 있어서 최적의 인원만 뽑았습니다. 틴에이저는 복잡한 조립이 아니라서 생산에는 차질 없이 진행할 수 있습니다."

명성전자 제2공장을 책임지고 있는 윤종석 차장의 말이었다. 제2공장에서는 오직 블루오션의 제품만을 생산하고 있었다.

"좋습니다, 인력 문제는 두 분께서 알아서 처리하십시오.

부품 수급에는 문제없습니까?"

틴에이저는 재즈—3로 넘어가기 전에 중간다리 역할로 제작, 개발된 무선호출기였다.

신기술을 적용한다는 개념보다는 기존의 기술에다가 가격 거품을 빼고 보다 단순하면서도 심플한 무선호출기를 제작하자는 의도였다.

틴에이저는 이름 그대로 삐삐를 아직 많이 구매하지는 않았지만, 잠재 수요층이 넓은 십 대와 이십 대를 구매 대상으로 삼았다.

다른 기업들이 최신 기술에 매달리고 있던 거와는 사뭇 다른 전략을 구사한 것이다.

닉스의 세련된 디자인과 합리성이 결합된 틴에이저는 8만 5천 원으로 가격이 정해졌다.

거기에 당대 인기스타에 오른 서태지와 아이들의 시너지가 더해지자 재즈시리즈의 인기를 뛰어넘는 폭발적인 반응을 보였다.

"저희 예상보다 시장의 반응이 너무 뜨거워서 준비했던 부품을 모두 사용했습니다만 다음 주 부산항으로 들어오는 부품이 공급되면 한두 달은 문제없습니다."

틴에이저에 들어가는 무선호출기 부품 중에 국산 부품은 아직은 33% 정도로 적었다.

틴에이저의 가격을 내리기 위해서 무선호출기의 부품을 대량으로 주문했었다. 그런데 출시하고 한 달도 되지 않아서 1차로 들어온 부품이 바닥을 드러낸 것이다.

어찌 보면 모험적인 성격이 강했다.

시장에서 반응이 없고 지금처럼 제품이 팔려나가지 않았다면 큰 적자를 볼 수도 있었다.

"이제 조만간 저희 틴에이저를 따라 하는 제품이 나올 것입니다. 그 점을 염두에 두고서 마케팅을 준비해야 합니다."

"예, 대표님의 말씀처럼 2달 후면 틴에이저와 비슷한 제품이 나올 것으로 예상합니다. 서태지와 아이들을 통해서 광고적인 효과는 이미 충분히 보고 있어서 자체적인 홍보보다는 판매처를 늘리는 것에 중점을 둘 생각입니다. 현재 블루오션의 제품을 판매하는 비전전자와 닉스 매장으론 감당하기가 힘들어 전국적인 판매망을 구축할 겸 극장을 이용할 생각입니다."

블루오션에서 마케팅을 담당하는 염정훈 대리의 말이었다. 미국에서 대학을 나와 대기업을 다니다가 퇴직하고 블루오션에 재입사한 인물이었다.

그의 말은 꽤 신선했다.

"극장에서 삐삐를 판매한다고요?"

"예. 이전처럼 현대전자의 판매망을 이용한 판매도 가능하지만 그렇게 되면 수수료로 인해 틴에이저의 이점이 사라집니다. 그래서 젊은 층이 가장 많이 모이는 극장에 간이 판매대를 설치하면 주말에만 판매한다고 해도 상당한 호응이 있을 것입니다."

"삐삐 개통에는 문제가 없겠습니까?"

"예, 이미 열 개의 무선호출기 신규사업자가 선정되어서 업무를 보고 있습니다. 토요일과 일요일에 판매한 제품을 월요일에는 곧바로 개통시킬 수 있습니다."

염정훈 대리의 말처럼 각 기업들이 무선호출기 사업권을 따기 위해 치열한 각축전을 벌인 결과 서울에는 서울이동통신(단암산업)과 나래이동통신(삼보컴퓨터)이 선정되었다.

부산·경남은 부일이동통신(동영공업), 대구·경북은 세림이동통신(풍국건설), 광주·전남은 광주이동통신(금강기업), 대전·충남은 충남이동통신(지원산업), 전북은 전북이동통신(삼화건설), 충북은 우주이동통신(새한미디어), 강원은 강원텔러메서지(경월), 제주는 제주무선(세기건설)이 새롭게 선정되어 한국이동통신과 경쟁을 벌이게 되었다.

"알겠습니다, 추진하십시오. 그리고 이번에 선정된 무선호출기 사업자들도 자신들의 대표 호출기를 선정하려고 할 것입니다. 적어도 2개 사 이상에 저희 제품들이 선정될 수 있도록 노력해 봅시다."

무선호출기 사업자들에게 판매하는 무선호출기는 현대전자처럼 별도로 판매 수수료를 줄 필요가 없었다.

호출기의 개통이 늘수록 그들의 수익도 늘어나기 때문이다.

무선호출기의 사용자가 늘어나고 이에 따른 수익도 늘어나자 음향기기를 만들던 태광산업과 인켈 등도 무선호출기 제작에 뛰어들 준비를 하고 있었다.

"예, 최선을 다해 진행하겠습니다."

염정훈 대리는 자신 있게 대답했다.

"블루오션상하이의 공장 세팅은 어느 정도나 진행되었습니까?"

"생산과 관련된 장비 설치는 이번 주 내로 끝낼 수 있다고 합니다. 문제는 생산 인력인데 저희가 생각했던 것보다 수준이 떨어져서 실질적인 생산라인에 투입되려면 2주 정도 더 시간이 걸릴 수도 있다고 합니다."

이철용 이사의 말이었다.

"음, 좋습니다. 생산이 늦어져도 좋으니까, 철저하게 교육을 진행하라고 전하십시오. 1~2년만 중국에서 사업을 진행할 것이 아니니까요. 그리고 블루오션상하이와 함께 커 나갈 수 있는 인재 채용도 중요합니다. 자, 회의는 여기까지 하시지요."

회의를 마친 나는 미뤄두었던 건들을 처리하고 다시금 명동에 위치한 도시락으로 향했다.

다음 주면 도시락은 명동이 아닌 종로에 자리를 잡을 것이다.

광화문우체국 뒤편에 있는 7층 건물을 경매를 통해서 32억에 매입했다.

외관이 조금 낡기는 했지만, 내부를 수리하면 크게 문제 없이 10년간은 충분히 사용할 수 있었다.

건물 앞으로 청계고가도로가 지나가고 있었다. 아직은 먼 이야기지만 2003년이 되어 청계고가도로가 철거되고 청계천이 복원되면 환경이 크게 달라질 것이다.

도시락 또한 바쁘게 움직이고 있었다.

한동안 러시아의 코뷔트킨스크에서 발견된 가스전 발표 때문에 기자들이 도시락 본사에 상주하다시피 했다.

그 이후 도시락과 룩오일은 아무 관계가 없다는 발표와 함께 대표인 내가 국내로 들어오지 않자 하나둘 철수한 상태였다.

"나 때문에 고생하셨습니다."

기획실의 송도영 부장을 보며 말했다. 도시락의 내부적인 업무를 보고 있는 인물이다.

"예, 기자들이 정말 극성스러웠습니다. 이틀 전까지 매일 회사로 출근하던 기자도 있었습니다."

"오늘까지 있었으면 인터뷰를 해줄 걸 그랬습니다. 제가 지시한 것은 어떻게 되었습니까?"

"이천공장에서 차로 7~8분 정도 떨어진 곳에 위치한 대지 200평을 2억 원에 매입했습니다. 설계가 이번 달 내로 완성되면 다음 달 초에 바로 공사를 진행할 예정입니다."

이천공장의 아이를 가진 여성 직원들과 지역사회를 위해서 어린이집을 설립하기 위해서 땅을 사들였다.

공장에 출근하는 여성 직원들은 마땅히 아이를 맡길 곳이 없었다. 생활 전선에 뛰어들 수밖에 없는 현실적인 상황에 놓인 직원들이 이천공장에는 적지 않았다.

"잘하셨습니다. 예산이 좀 더 들어가더라도 좋은 시설이 될 수 있게 하십시오."

"예, 국내에 있는 유치원이나 어린이집 중에서 가장 좋은 시설이 될 수 있도록 하겠습니다. 설계사무실에도 그에 대해 충분히 전달했습니다."

"어린이집 선생님들도 미리 좋으신 분들로 섭외해 놓으

십시오. 직업으로 생각하지 않고 정말 아이들을 사랑하는 분들로 말입니다. 선생님들이 만족해할 만한 지원과 보수를 보장해 드릴 테니까요."

"예, 바로 알아보겠습니다."

송도영 부장이 나가고 국내영업부의 책임자인 조상규 과장 들어왔다.

해외영업부에서 국내영업부로 옮긴 조상규 과장은 내년에 차장으로 승진시킬 생각이다.

"언론에서 연일 도시락을 선전해 주어서 그런지 6% 정도 국내 매출이 늘어났습니다."

룩오일의 발표 이후 TV는 물론이고 신문사와 잡지에도 도시락에 대한 기사가 흘러넘쳤었다.

일부러 광고를 내보내는 것보다도 훨씬 좋은 효과가 나타났다.

거기에 도시락 라면이 러시아에서 크게 인기를 끌고 있다는 사실까지 함께 전해지자 자연스럽게 도시락에서 생산되는 라면에도 관심이 이어졌다.

"좋은 기회가 될 수 있으니까 이번 기회에 국내를 노린 제품을 출시해서 지금처럼 매출을 유지해 보세요. 저희가 함께 사온 비빔면을 적극적으로 활용하시고요."

이천공장과 함께 팔도에서 가져온 것은 도시락 라면과

비빔면이었다.

올해에 맛과 산뜻한 포장지로 개선해 신문광고를 적극적으로 해오고 있었다.

농심의 짜파게티와 야쿠르트의 팔도비빔면은 미래의 라면 시장에서 국물 없는 라면으로는 누구도 넘보지 못할 아성을 쌓았다.

하지만 지금은 그러한 결과가 나오기 전이었다.

"그렇지 않아도 비빔면의 매출이 상당히 늘었습니다. 맛도 좋아졌지만, 포장지가 산뜻하고 눈에 확 들어온다는 의견이 많았습니다."

도시락이 새롭게 내놓은 비빔면의 포장지 또한 닉스 디자인센터의 작품이었다.

"조금만 노력하면 도시락의 비빔면이 큰 효자 노릇을 할 것입니다. 사실 국물 있는 라면 시장에서 도시락이 내놓을 수 있는 카드가 없으니까요. 저희는 최대한 틈새시장을 노려야 합니다."

"예, 충분히 공감되는 말씀입니다."

"본사를 옮기고 인원을 확충하면 조 과장님이 일하시는 게 좀 더 수월해지실 것입니다."

본사를 종로로 이전하면 인사 개편을 할 생각이었다.

도시락을 장악하려고 했던 김경렬 부장 사건 이후 크게

인원을 늘리지 않았었다.

비약적으로 발전하는 도시락은 그에 걸맞게 인원을 확충해야만 했다.

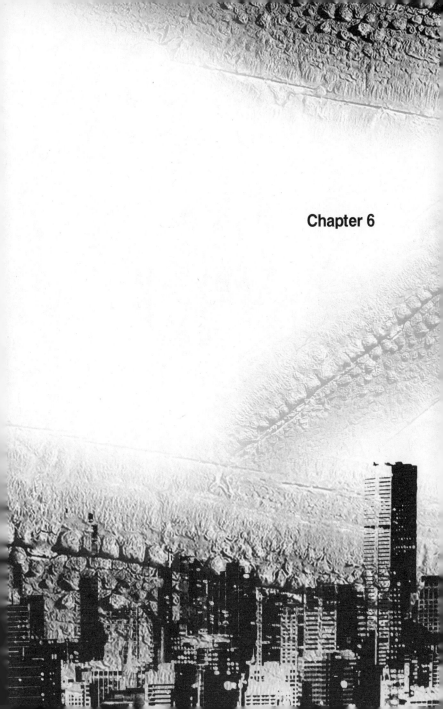

Chapter 6

　도시락에서 업무를 마친 나는 안기부의 박영철 차장을 만나기 위해서 성북동에 위치한 한정식집으로 향했다.

　그와 북한 방문에 대한 이야기를 나누기 위해서였다.

　박철재 정무장관의 말처럼 극비리에 추진하는 것 때문인지 정부부처나 언론에서 북한 방문에 대한 이야기는 전혀 흘러나오지 않고 있었다.

　박영철 차장 또한 북한의 김일성 주석이 보낸 제안에 대해 전혀 알지 못했다.

　"건강한 모습으로 다시 보게 되니 반갑습니다."

박영철은 나를 보자마자 손을 내밀며 말했다.

"덕분에 무사히 다녀왔습니다."

"역시 강 대표님은 저를 깜짝 깜짝 놀라게 하십니다. 러시아에서 성공적으로 사업을 하는 것도 대단한 일인데, 대규모 가스전까지 발견하시다니요. 정말 놀라웠습니다."

"운이 좋았습니다."

"하하하! 언제나 그렇게 운이 좋으십니까? 제가 지금까지 지켜본 사람들 중에서 강 대표님처럼 시대를 분별하고 그에 따르는 기회를 잘 포착하시는 분을 본 적이 없습니다."

어쩌면 박영철 차장이 나를 가장 잘 파악하고 있는 사람일지도 모른다.

그에 말처럼 다른 사람들의 눈에는 내가 시대를 앞서 볼 줄 알고 분별하는 사람처럼 보일 것이다.

"과찬이십니다. 주변에서 많은 분들이 도와주신 덕분입니다."

"그렇다고 하더라도 강 대표님이 하신 일은 정말 놀라운 일입니다. 정말이지 대표님을 보면 볼수록 감탄사가 절로 나옵니다."

박영철의 솔직한 심정이었다.

그는 내가 러시아에서 운영하는 사업체와 일들을 어느

정도는 파악하고 있었다.

"하하! 그런가요? 앞으로 사업이 잘 이끌어 나갈 수 있게 박 차장님께서 잘 도와주십시오."

"물론입니다. 강태수 대표님처럼 제대로 사업을 하시는 분을 적극적으로 도와야지요."

박영철은 내가 어떤 식으로 사업체를 운영하는지도 알고 있었다.

이익 창출을 목표로 하는 기업에서 리더가 가장 먼저 해야 할 일은 직원들을 아끼는 마음이다.

직원들에게 좋은 것을 주려고 애쓰는 마음과 그것을 실천에 옮기는 행동이 리더가 첫 번째로 가져야 할 자세였다.

대한민국에 있는 수많은 기업들이 말로만 떠들고 있는 것을 강태수는 실천하고 있었다.

"말만 들어도 든든하네요. 전화상으로 말씀드린 것처럼 이번 주 정도에 북한으로 들어갈 것 같습니다. 아시는 정보가 없으신지요?"

"그게 저도 내부적으로 알아봤습니다만 정보가 나오지 않는 것으로 보아서, 청와대가 직접 움직이는 것 같습니다. 보안에도 극도로 신경을 쓰는 것 같고요."

"김일성 주석의 제의가 어느 정도 가능성이 있다고 보십니까?"

"대북파트는 저희 쪽이 아니라서 자세한 상황은 알 수 없지만, 아무리 김일성이라고 해도 권력을 움켜쥐고 있는 김정일의 허락 없이는 힘들 것입니다."

"그 정도입니까?"

나는 김일성이 북한에서 신적인 존재로 여겨지는 줄로만 알았다.

"김정일이 북한 정권의 전면에 나선 지가 벌써 10년이 넘었습니다. 82년도부터 군대 내 모든 군사사업과 당정사업을 김정일이 장악했고, 작년에 소집된 당중앙위원회 제6기 제19차 전원회의에서 조선인민군 최고사령관으로 추대됨으로써 군 통수권을 물려받았습니다."

박영철 차장의 말처럼 김정일은 김일성의 적극적인 지원으로 북한의 권력을 장악하여 영향력이 급속도로 증대되었다. 한마디로 80년 중반부터는 김일성과 김정일의 공동정권이었다.

"거기에 건강의 이유로 김일성은 1990년 초에 '지금 나는 나이가 많아서 당과 국가의 사업 전반을 김정일 조직비서에게 맡기고 중요한 문제만 조직비서와 토론해 처리하면서 대외 활동을 하고 있습니다'라고 말함으로써 사실상 김정일 당중앙위원회 조직비서가 북한을 통치하는 발언을 했습니다."

박영철의 말을 듣고서야 북한이 지금 어떻게 돌아가고 있는지 조금은 알 수 있었다.

김일성의 의지가 강하지만 김정일이 동의하지 않는다면 북한을 통과하는 송유관 문제는 공염불(空念佛)로 끝날 수도 있었다.

박영철과 자리를 잡고 앉자마자 북한에 대한 이야기를 나누었다.

"물론 북한의 경제적인 여건을 고려한다고 해도 전 이번 일의 성공 가능성이 크다고는 생각지 않습니다."

박영철은 북한의 제의를 부정적으로 보았다.

"김일성 주석이 전면에 나서는데도 그렇겠습니까?"

"이미 김일성의 손발이 되어주었던 혁명세대가 상당수 은퇴한 상태라 다시 자신의 심복들을 전면에 내세우기까지 시간이 필요할 것입니다. 김정일이 그동안 구축한 권력은 보기보다 단단합니다."

"시간이 걸리더라도 전혀 가능성이 없다고는 할 수 없겠네요?"

"음, 김일성의 의지가 확고하다면 가능성은 있습니다. 하지만 김일성의 건강 이상설이 입에 오르내리는 상황에서 이전처럼 대외적인 활동을 왕성하게 하기는 힘들 것입니다."

김일성은 심장이 좋지 않았고 결국 1994년 7월 9일 심근경색에 따른 심장마비로 사망했다.

'김일성의 의지와 건강이라…….'

"여러 가지 상황들을 고려해야겠군요?"

"또 하나, 한반도를 관통하는 송유관 설치에 따른 이해득실에 있어 북한 내에서 이익을 보는 세력이 어느 곳인가를 잘 살펴야 합니다."

'이익을 보는 세력이라…….'

"북한의 세력구도가 어떻게 되는 것입니까?"

"북한을 움직이는 세력은 행정부와 국가안전보위부, 군부 그리고 노동당이라고 볼 수 있습니다. 현재는 김일성의 영향력으로 노동당이 가장……."

안기부의 박영철 차장은 나에게 북한의 세력구도에 관해 설명해 주었다.

김일성 시대에는 노동당, 군부 그리고 중앙당 행정부와 안보기관인 국가안전보위부의 순으로 권력이 배분됐으나 김정일 시대로 접어들면서 군이 정점에서 서게 된다.

1990년대 중반 이후 식량 부족과 경제 파탄으로 민심이 흔들리자 김정일은 '권력은 총에서 나온다' 며 선군정치를 표방했다.

이때는 군부가 북한에서 가장 우대받는 조직이 되었고

다음으로 행정부와 국가안전보위부 그리고 노동당 순이었다.

김정은 시대에는 다시 노동당이 약진했다.

노동당 내 인사권을 틀어쥔 조직지도부가 김정은이 후계자이던 시절부터 꾸준히 그에게 충성을 바쳐 신임을 얻었기 때문이다. 이에 따라 노동당 내 권력구조 또한 달라졌다.

김정일 집권 후반에는 장성택이 장악했던 행정부가 중심이었지만 김정은 시대에는 조직지도부가 권력의 핵심이 됐다.

노동당 조직지도부는 북한의 당, 군, 내각, 그리고 사회조직 전반을 관리하고 인사를 총괄하는 최고의 핵심 공안기관이다.

"송유관과 가스관에서 나오는 이익이 만만치 않을 것이니 그걸 선점하는 기관의 힘이 더욱 커지겠지요."

박영철의 말은 틀린 이야기가 아니었다.

러시아에서 출발한 원유송유관과 천연가스관이 북한을 관통하여 남한으로 이어진다면 일본까지도 원유와 가스를 공급할 수 있었다.

그에 따르는 경제적 이익과 시너지효과는 동북아 경제의 판도를 바꿀 수도 있는 일이었다.

북한에도 상당한 금전적 이득이 돌아갈 수 있었고, 어쩌면 북한이 벌이는 어떠한 외화벌이보다도 달러를 벌어들일 수 있는 일이었다.

"음, 결코 쉽게 생각할 수 없겠네요. 서로가 견제하고 경쟁하는 세력들이라면 자신들에게 이익이 돌아오지 않으면 아예 반대할 수도 있겠습니다."

"예, 넘어야 할 산이 많을 것입니다. 특히나 군부가 과연 휴전선을 개방할 것인가도 문제입니다."

박영철의 말이 끝나자 주문한 요리들이 나왔다.

"제 생각이지만 김일성이 죽고 나면 이러한 일들을 다시는 할 수 없을 것 같다는 생각이 듭니다."

김일성이 사망한 후 북한은 한동안 굳게 빗장문을 걸어 잠갔다.

"틀리신 말씀이 아닙니다. 김일성이 사망하고 나면 김정일이 모든 권력을 승계하기까지 북한은 상당한 진통을 겪을 수도 있습니다. 그 기간에는 상황이 경색되어 지금처럼 남북한이 활발한 협의를 할 수 없을 것입니다. 더구나 김정일은 예측불허의 인물입니다."

'박영철의 말이 맞다. 김일성이 살아 있을 때만 가능한 일이지. 그렇다면 어떻게든 성사시켜야 하는데…….'

내 머릿속에 들어 있던 기억들과 박영철 차장의 말을 종합해 보자 기회는 이번뿐이라는 생각이 들었다.

"이번 일을 꼭 성사시키고 싶습니다. 혹시 저를 도와줄 만한 사람이 북한에 있겠습니까?"

"음, 이번 일을 도와줄 수 있는 사람이라면 세 명 정도를 꼽을 수 있겠습니다. 첫 번째는 김정일의 매제인 장성택 청년사업부 부장입니다."

올해 마흔일곱이 된 장성택은 노동당 중앙위원회 산하 27개 부서 중에서 청년사업부와 근로단체부, 그리고 3대 혁명소조부를 맡고 있었다.

김정일 당비서의 절대적인 신임을 받는 몇 안 되는 인물 중의 하나로 그의 여동생인 김경희의 남편이기도 했다.

1945년 함경북도 어랑군에서 태어난 장성택은 김일성고급당학교와 김일성종합대학을 나온 수재로서 군 사로청 시절 천재성이 돋보여 주목받기 시작했다.

"나머지 두 사람은 김달현 부총리와 김정우 대외경제사업부 부부장입니다. 두 사람은 현재 북한의 경제를 실질적으로 이끄는 인물들입니다. 김달현은……"

53세의 김달현은 부총리와 정무원의 대외경제위원장과 무역부장을 겸임하고 있는 인물로, 북한의 경제관료 중 최고위급 인사이자 개방파였다.

그는 또 김일성 주석의 5촌 조카였다.

그는 북한의 인물 중에서 보기 드물게 경제 우선을 내세우며 진보적인 정책을 제시하여 군부 등 보수파들과 종종 갈등을 빚어왔다.

김정우 대외경제사업부 부부장은 올해 오십 세로, 김달현과 같이 경제를 우선시하는 인물로서 외국과의 대외협력을 전적으로 담당하고 있었다.

'음, 이들을 통한다면 가능성이 더 커질 수 있겠구나.'

"이들 3명은 김정일이 신뢰하는 인물이기도 합니다."

"잘 알겠습니다. 저는 정부가 이 일을 정치적으로 이용할까 염려되는 부분도 있습니다."

"저는 분명히 이용할 것이라고 확신합니다. 더구나 박철재 정무장관은 대권에 대한 욕심이 많은 사람입니다. 분명이번 방북을 자신에게 유리한 쪽으로 이끌어갈 것입니다."

"음, 넘어야 할 산이 정말 많네요."

이번 일은 크게는 통일을 위한 첫발이자 작게는 남북한 경제협력의 돌파구를 찾을 수 있는 일이었지만 그렇지 못할 가능성이 컸다.

남북한 정치인들 모두 각자에게 유리한 쪽으로 송유관 문제를 다룰 것이 분명했다.

남북한 모두의 양보와 희생 없이는 이루기 힘든 일이었다.

"올 초에 대우그룹의 김우중 회장이 북한을 방문해 남포와 원산을 둘러보고서 합작 공장을 추진하려고 했지만 걸림돌이 하나둘이 아닙니다. 너무 서두르지는 마십시오. 북한은 우리가 생각한 대로 쉽게 움직여 주지 않습니다."

"잘 알겠습니다. 먹지는 못하고 이야기만 나누었네요. 자, 드시지요."

"예, 여기 음식이 남다릅니다."

식사하는 내내 박영철 차장은 북한 방문할 때에 주의해야 할 상황들을 전해주었다.

*   *   *

박영철 차장과 만남이 가진 3일 뒤, 청와대에 연락이 왔다.

─내일 방북할 예정입니다. 저희가 원하는 장소로 차량을 보내드리겠습니다.

"예, 그러면 평창동으로 보내주십시오. 위치는……."

─방북 인원은 말씀하신 대로 강태수 대표님 외에 3명입니까?

"예, 저까지 포함해서 4명입니다."

룩오일의 기술이사인 니콜라이는 평양에서 합류하기로

했다.

─알겠습니다. 그럼 내일 오전 9시에 차량을 보내겠습니다.

나와 함께 방북할 인물은 김만철과 티토브 정이었다.

김만철은 이번 방북으로 가족의 생사를 확인하고 싶어 했다.

이는 굉장히 위험한 일이었는데, 러시아 국적을 취득한 김만철이었지만 그를 알아보는 인물을 만난다면 어떻게 될지 모르는 것이다.

그런데도 김만철은 이번 기회를 놓치지 않으려고 했다.

김만철의 러시아 이름은 드리트리 김이었다.

"이번에는 어디로 출장을 가는 거야?"

마당을 거닐며 이런저런 생각에 잠겨 있는 나에게 가인이가 물었다.

그녀의 양손에는 커피가 담긴 머그잔이 들려 있었다.

"가깝고도 먼 나라."

가인이가 건넨 머그잔을 받아들며 말했다.

"일본?"

"아니, 그보다 더 가까운 데."

"중국은 아닌 것 같고. 혹시 북한?"

난 가인이의 말에 고개를 끄덕였다.

"허! 거기에 가도 괜찮은 거야? 위험하지 않아?"

"북한도 사람이 사는 곳이잖아."

"그래도. 정말 무사히 돌아올 수 있는 거지?"

가인이는 확인하듯이 물었다. 그녀의 말에는 진정으로 날 생각하는 마음이 담겨 있었다.

"그럼, 북한을 방문하는 사람들이 한두 명이 아닌데. 내가 못 돌아올까 봐 걱정하는 거야?"

"그걸 말이라고 해? 만약 오빠가 못 돌아오면 내가 구출하러 북한으로 올라갈게."

"야! 가인이의 말을 들으니까 정말 든든한데."

"농담 아니야."

"내가 이래서 가인이가 좋다니까."

난 가인이의 어깨를 감싸며 내 쪽으로 끌어당겼다. 그러자 가인이는 보다 적극적으로 내 품에 안겨왔다.

예전에는 상상도 할 수 없는 일이었다.

"나 결혼도 하기 전에 과부 만들면 안 되는 것 알지?"

"정말 나에게 시집오려고?"

순간 내 말에 싸늘한 기운이 온몸을 감싸는 것이 느껴졌다.

"하하! 농담이야."

난 재빨리 말을 바꿨다.

"농담도 가려가면서 해. 그리고 오빠 목숨을 살린 건 나니까, 내 허락 없이는 절대로 몸을 함부로 굴리거나 위험하게 만들면 안 돼."

"물론이지. 가인이의 말을 들으면 자다가도 떡이 생기잖아."

"잘 아시네. 그러니까……."

가인이는 말을 다 하지 못했다.

내가 그녀의 입술을 내 입술로 막았기 때문이다. 가인이의 입술은 달콤하고 부드러웠다.

짧지 않은 입맞춤이 끝나자 가인이의 양 볼은 붉게 상기되어 있었다. 날 잠시 바라보던 그녀는 말없이 내 품으로 더 안겨왔다.

*　　　*　　　*

약속한 시각에 정확히 미니버스는 와 있었다.

버스에 올라타자 김포공항에서 보았던 김민우 비서관이 나를 맞이했다.

"안녕하십니까?"

"함께 가시는 것입니까?"

"아닙니다. 저는 판문점까지만 같이 탑니다. 강태수 대표님과 티토브 정 그리고 드리트리 김, 이렇게 세 분이 함께 가시는 것이지요?"

김민우 비서관은 김만철과 티토브 정을 보며 말했다. 두 사람은 내 비서로 북한에 통보했다.

"예, 룩오일의 니콜라이 이사는 평양에서 합류하기로 했습니다."

"알겠습니다. 그리고 함께 방북하는 것으로 정해졌던 대산그룹의 이대수 회장님 대신에 대우그룹의 김우중 회장님께서 방북하시게 되었습니다."

"무슨 문제라도 있었습니까?"

"예, 북쪽에서 강력하게 원했습니다. 요즘 대우가 북한과 활발하게 사업을 추진하는 게 한몫한 것 같습니다."

김민우 비서관의 말처럼 대우는 현대그룹과 함께 북한에 대한 투자 의지가 강했다. 더구나 김우중 회장은 7월 남한을 방문했던 김달현 부총리와의 만남 자리에서 시베리아와 남북한을 연결하는 천연가스송유관 문제를 논의했었다.

'차라리 잘됐네. 김우중 회장이라……'

"그렇군요. 다른 일정은 변동된 것이 없습니까?"

"일정은 전화로 말씀드린 대로 3박 4일입니다. 특별한 상황이 없는 한은 변동되지 않을 것입니다."

"알겠습니다."

내가 대답을 하는 사이 미니버스는 빠르게 자유로를 향해 내달렸다. 북한 방문단은 판문점을 통해서 육로로 평양으로 향하게 된다.

판문점에서 북으로 함께 떠날 다른 일행들과 합류했다.

대우그룹의 김우중 회장은 중국 베이징에 출장 중이라 평양에서 따로 합류하기로 했다.

비공식 방문이라서인지 이미 판문점에서 북으로 향하는 문은 활짝 열려 있었다.

군사분계선을 넘는 다섯 대의 차량은 평양·개성고속도로를 타고서 빠르게 평양으로 올라갔다.

평양—개성고속도로는 총연장 170㎞의 4차선 도로로 평양직할시 락랑 구역에서 시작하여 사리원시를 가로질러 개성시의 판문점 서쪽 3.5㎞ 지점에까지 이르는 고속도로였다.

1987년 12월 착공하여 김일성의 80회 생일인 올해 92년 4월 15일에 맞춰 완공된 고속도로다.

그래서인지 고속도로의 상태는 상당히 좋았다.

문제는 고속도로를 달리는 내내 다른 차량과 북한 주민들을 볼 수 없다는 것이다.

김만철은 판문점을 지나 북녘 땅으로 들어서는 순간부터 차창 밖으로 눈을 떼지 못했다.

"이 고속도로를 제때에 완공하려고 군인들이 죽을 똥을 쌌습니다."

김만철이 뭔가를 알고 있다는 듯이 말했다.

평양·개성 간 고속도로 공사에는 군인들이 상시 1만 명 이상 동원되었다.

북한에서 벌어지는 대형 공사에는 어김없이 군인들이 있었다.

"공사에 참여하셨습니까?"

"저는 아닙니다만 제가 잘 아는 동생이 평양 구간을 담당했었습니다. 쉬는 날도 없이 강행군하는 바람에 적잖은 군인들이 부상을 입었다는 소리를 들었습니다. 그 덕분에 윗대가리들은 노력영웅 칭호를 받았지요."

쓸쓸한 말이었다. 세상 어디를 가든지 죽어나는 것은 항상 밑바닥 인생들이었다.

"북쪽은 군인들이 없으면 큰 공사들을 못 한다는 소리를 들었습니다."

"군인들에게 돈을 줄 필요가 없으니까. 물론 공사나 수해 복구에 참여하는 인민들도 마찬가지지만 군인들은 상시 동원할 수 있는 인적자원입니다. 어찌 보면 북한이 가지고 있는 최고의 자산일 수 있습니다."

"정말이지 남북한 모두 젊은이들을 군인이 아닌 다른 분야로 돌릴 수만 있다면 지금보다 더 나은 삶을 살아갈 수 있을 텐데요."

"대표님이 좀 바꿔주시지요."

나를 바라보며 말하는 김만철의 표정은 진지했다.

"후후! 김 과장님께서 쉽지 않은 부탁을 하시네요."

"제 생각이지만 대표님이시면 충분히 할 수 있을 것입니다."

"정말 그렇게 생각하십니까?"

"예, 제 눈으로 지금까지 봤었던 대표님의 모습만으로도 가능성은 충분합니다."

"저도 김 과장님의 말씀에 동감합니다. 대표님은 지금까지 누구도 하지 못할 일들을 해오셨습니다."

조용히 우리 두 사람의 이야기를 듣고 있던 티토브 정이 김만철의 말에 동조하며 말했다.

나를 바라는 보는 두 사람의 강렬한 눈에는 나에 대한 믿음과 신뢰가 가득했다.

지금 눈앞에 있는 김만철과 티토브 정은 내 말이라면 어떠한 일도 마다하지 않고 할 사람들이다.

이들이 없었다면 지금의 나도 없었다.

'통일이라… 과연 가능한 일일까? 남북한 모두가 원한다고 해도 주변 나라들이 기를 쓰고 방해할 테지…….'

누군가는 남북한의 통일을 이제는 너무 이상적인 꿈으로 보기도 하고 어떤 사람은 이미 낡아빠진 꿈이라 말하기도 한다.

더구나 남북한이 통일을 강력히 원한다고 해도 한반도를 둘러싸고 있는 강대국들의 방해가 있을 게 분명했다. 헤게모니(주도권) 싸움에서 한반도의 통일은 모두에게 손해였다.

"언제라고 약속할 순 없지만, 우리가 지금 달리고 있는 이 길을 남북한에 살아가는 모든 사람들이 이용할 수 있게끔 하겠습니다. 그럼 자연스럽게 서로에게 총칼을 겨누고 있는 지금의 대치 상황은 사라지겠지요."

그저 평범한 인생을 살길 원했던 내가 이런 말까지 내뱉게 될 줄 몰랐다.

하지만 마음 한편에서는 이대로라면, 지금처럼만 모든 일들이 흘러갈 수 있다면 가능할 수도 있다는 생각이 움텄다.

"전 대표님의 말씀을 믿습니다. 그 시간 동안 대표님의 곁에서 함께 지켜보겠습니다."

먼저 나의 대답을 한 것은 티토브 정이었다.

"빨리 해내셔야 합니다. 전 성격이 급해서 20년까지밖에는 기다리지 못합니다."

김만철은 그다운 말을 했다.

'20년이라······.'

20년이면 강산이 두 번 바뀌는 세월이었다. 하지만 내가 경험했었던 2012년은 여전히 남북한 총부리를 겨누며 대치를 했다.

Chapter 7

미니버스는 시속 100㎞가 넘는 속도로 4시간을 넘게 달
린 끝에 평양에 도착했다.

정말 평양은 서울에서 가까운 거리에 있었다.

평양 시내는 한마디로 한적하고 깨끗했다.

차량은 평양 시내를 가로질러서 북동쪽 대성구역에 위치
한 백화원 초대소에 도착했다.

백화원 초대소는 외국에서 방문하는 국빈급 인사들이나
김정일 당비서 또는 당 최고 간부가 사용하는 곳이었는데
1983년에 건립되었다.

"이야! 정말 멋지네요."

백화원 초대소 주변은 울창한 숲으로 둘러싸여 있었고 초대소 안에는 대형 호수와 함께 화단에는 아름다운 꽃들이 피어 있었다.

화단 곳곳에는 100여 종의 꽃이 피어 있어 백화원(百花園)이라는 이름을 붙였다고 한다.

"저도 이곳은 처음 옵니다."

김만철은 약간 긴장한 빛이 보였다.

눈앞에 들어오는 호수 주변에는 산책로가 있었다.

나를 비롯한 방북 인원들이 각자의 차량에서 내리자 앞쪽에서 걸어오는 인물이 있었다.

그는 다름 아닌 김달현 부총리와 김정일의 매제인 장성택이었다.

"어서들 오십시오. 오시면서 불편함은 없었습니까?"

김달현 부총리는 먼저 방북단을 이끌고 있는 박철재 정무장관에게 손을 내밀며 말했다.

"신경을 많이 써주셔서 즐거운 마음으로 왔습니다."

박철재는 웃으면서 화답했다.

"또다시 뵙게 되었습니다."

옆에 있던 장성택도 박철재 정무장관을 반갑게 맞아주었다.

"이렇게 나와주실 줄 몰랐습니다."

박철재의 말처럼 장성택의 출연은 의외였다. 그는 김정일의 최측근이었다.

"하하! 남쪽에서 귀한 분들이 오시는데 당연히 나와야지요."

환한 웃음을 내보이며 말하는 장성택은 자신감이 넘쳐나는 모습이었다.

하나둘 방북한 인사들과 인사를 나눈 김달현과 장성택은 내게로 다가왔다.

"이분은 러시아에서 에너지 사업을 하시는 강태수 대표님입니다. 현재 룩오일의 대표이시기도 합니다."

박철재는 나를 두 사람에게 소개했다.

"아! 이분이 강태수 대표시군요. 정말 듣던 대로 젊으십니다. 정말 반갑습니다."

김달현 부총리는 박철재의 말에 놀란 표정을 지으며 내게 손을 내밀었다.

그는 이미 모스크바에 있는 북한대사관에서 나에 대한 정보를 전해 들은 듯했다.

"예, 저도 뵙게 되어 반갑습니다."

"하하! 언젠가 꼭 한번 만나고 싶었습니다."

김달현은 유독 내 손을 오래 잡고 있었다.

"장성택이라고 합니다. 젊은 분이 그렇게나 큰 사업을 벌이고 계시다니, 정말 놀랍습니다."

장성택도 나에 대한 관심을 드러냈다.

"좋게 봐주셔서 감사합니다. 강태수라고 합니다."

마주 잡은 장성택의 손에는 힘이 들어가 있었다.

"자, 안으로 들어가시지요."

우리가 안내된 곳은 백화원 내에서 2호각이라 불리는 건물이었다.

백화원 초대소는 모두 3개 동으로 구성돼 있고 1호각, 2호각, 3호각으로 불린다.

1호각은 한 나라의 국가원수나 수상 이상의 국빈이 머무는 곳이다. 1호각에는 한 숙소가 4~5개의 방으로 이뤄진 스위트룸들이 있다.

2호각은 3층 건물로 접견실과 침실로 구분된 2칸짜리 스위트룸이 있었다.

각 방의 천장은 높고 벽에는 각종 그림이 전시되어 있어 웅장한 분위기를 연출했다.

각층 로비마다 탁구대나 당구대가 설치되어 있었고 복도 바닥에는 두꺼운 갈색 카펫이 깔렸다.

2호각의 1층은 박철재 정무장관에게, 2층은 대우그룹의 김우중 회장이, 3층은 나에게 배정되었다.

김만철과 티토브 정은 다른 방북 수행원들과 함께 3호각 건물에 배정되었다.

2호각 건물 안에 있는 접견실에서 간단한 이야기를 주고받을 때 대우그룹의 김우중 회장도 백화원에 도착했다.

김우장 회장과 인사를 나눈 김달현 부총리와 장성택 청년사업부 부장은 저녁 만찬 때 다시 보자는 말과 함께 돌아갔다.

가져온 짐을 다 정리할 때쯤 대우그룹의 김우중 회장이 나를 찾아왔다.

예전부터 날 만나고 싶어 했지만, 서로가 일로 인해 외국에 머물 때가 많아서 만나질 못했다.

"여기서 뵙게 되네요. 강 대표님께서 저희 대우가 하려고 했던 일을 멋지게 해내셨습니다."

대우그룹도 시베리아의 잠자고 있는 지하자원 개발에 관심이 무척 많았었다.

"운이 많이 따라준 데다가 좋은 인연이 함께해 주어서 가능했습니다."

"운도 실력이 없으면 절대 따라주지 않습니다. 제가 볼 때는 강 대표님은 대한민국에 태풍을 몰고 올 분처럼 보이입니다."

김우중 회장은 나를 찬찬히 쳐다보며 말했다. 마치 자신과 비슷한 길을 걸어가고 있는 내가 남 같지 않게 느껴지는 것 같았다.

김우중 회장은 1967년에 대우실업을 창업했다.

연세대학교를 졸업하고 한성실업에서 무역 업무를 익힌 후, 자본금 500만 원에 그를 포함한 직원 8명으로 시작했었다.

대우실업을 설립한 지 2달 만에 30만 달러어치의 나이론 트리코트를 동남아지역에 수출했고, 그해 트리코트지 한 품목으로 58만 달러를 수출하는 성과를 냈다. 이는 그 당시 한국 전체 수출액의 11.2%에 달하는 실적이었다.

1972년에는 국내 2위의 수출기업으로 1978년에는 삼성, 쌍용과 함께 한국 최초의 종합무역상사로 지정받아 수출 1위 기업에 이름을 올렸다.

그는 사업을 시작한 초창기부터 국내에 머물지 않고 일찌감치 해외로 눈을 돌려 먹거리를 찾았었다.

한국기계공업, 옥포조선, 새한자동차(대우자동차) 등의 부실기업들을 차례대로 인수한 후 재탄생시켜 지금의 대우그룹을 만들었다.

그러나 그는 '세계는 넓고 할 일은 많다'라는 말로 대우그룹의 신화를 상징하며 엄청난 파급 효과를 이루었지만

90년대 말 IMF 사태와 그에 따른 경영 악화, 그리고 분식회계의 여파로 말미암아 대우그룹이 해체되면서 비운의 인물로 전락하고 말았다.

하지만 대우가 추구했던 적극적인 해외진출과 진취적인 해외시장 개척은 높이 사줄 만했다.

'김우중 회장의 저서를 읽고 꽤 감명을 받았었는데……'

"과찬이십니다. 김우중 회장님이야말로 국내는 물론 해외에서 더 활발하게 움직이고 계시지 않습니까?"

"하하하! 활발하게는 움직이고 있는데, 강 대표님처럼 큰소득이 없습니다."

재작년부터 대우는 활발하게 움직이고 있었다.

㈜대우는 베이징지사와 모스크바지사를 만들었고, 대우증권은 유럽과 미국에 현지법인을 설립했고 대우전자는 프랑스와 멕시코에 컬러TV 공장을 건립했다. 또한 대우자동차는 GM에게서 대우자동차 지분을 모두 인수해 독자적인 길로 들어선 상태였다.

"김 회장님이 보시기에는 송유관 설치가 가능하다고 보십니까?"

질문을 던진 이유는 김달현 부총리가 7월에 남한을 방문했을 때에 김우중 회장과 천연가스 송유관에 관해 이야기를 주고받았기 때문이었다.

"저는 50% 이상이라고 보고 있습니다."

'50%라… 내가 생각한 것보다도 가능성을 크게 보고 있는데…….'

"그 이유를 여쭤 봐도 되겠습니까?"

"오늘 우리를 맞이해 준 북쪽 인사들이 그에 대한 답이라고 보시면 됩니다. 김달현 부총리는 김일성 주석이 총애하는 인물입니다. 그리고 장성택 부장은 김정일 당비서의 측근 중의 측근입니다. 그러한 두 사람이 자리를 함께했다는 것은 북쪽에서 이 사업을 어떻게 보고 있는지 단적으로 말해주는 것입니다."

'김일성과 김정일 모두 관심을 드러내고 있다는 말인데? 문제는 박 차장의 말처럼 어느 세력이 주도하느냐겠지…….'

"안 된다고 보시는 것은 어떤 이유 때문입니까?"

북한을 적잖게 방문했던 김우중 회장은 북한의 내부 상황을 잘 알고 있었다.

"아직 남북한이 서로를 전적으로 믿고 신뢰하지 않기 때문입니다. 또 하나를 들자면 이 일로 인해 자칫 남한의 자본주의가 북한 주민들에게 파급되어 현체제 유지에 영향을 주지 않을까 하는 염려가 생각보다 심합니다."

김우중 회장의 말이 맞을 것이다.

일을 진행하게 된다면 남쪽의 기술자들이 북한지역에서 작업하게 될 텐데, 그럼 그에 따른 대규모 물자 이동과 주민들과의 접촉은 필수가 된다.

실제로 남포에 봉제공장을 세웠던 한 국내 기업은 수시로 종업원이 교체되어 일을 진행할 수 없었다고 한다.

힘들게 숙련자로 만들어 놓으면 북한당국의 간섭으로 직원을 출근을 시키지 않았다. 이유는 사상이 불순해졌다는 것이다.

게다가 북한을 방문하는 일은 일일이 정부의 허가가 떨어져야 가능했고, 국내외적으로 정치적인 문제와 맞물리게 되면 허가가 떨어지지 않았다.

"음, 듣고 보니 신중하게 생각해야 할 문제들이네요."

"그래도 우리 같은 기업인들이 남북한의 물꼬를 터야 합니다. 자꾸 왕래하고 사업을 같이하다 보면 지금보다 훨씬 달라질 것입니다."

김우중 회장은 심중이 드러나는 말이었다.

"예, 저도 그럴 마음으로 이곳에 왔습니다."

그때였다. 박철재 정무장관이 방으로 급하게 들어서고 있었다.

"여기 계셨군요. 갑자기 움직이게 되었습니다. 김정일

당비서가 우리를 먼저 보고 싶어 합니다."

우리가 이동한 곳은 평양 시내에서 북동쪽 주체사상탑 근처에 자리 잡고 있는 대동강 초대소였다.

대동강 상류에 있는 백화원 초대소에서 대동강 초대소까지는 승용차로 한 시간 거리였다.

수행원을 많이 거느린 국빈급 정상들의 숙소와 정상회담 장소로 많이 이용되는 백화원 초대소에 비해 대동강 초대소는 실무적 성격의 회담 등에 자주 이용되는 곳이었다.

대동강 초대소는 1980년대 말 김정일이 김일성에게 선사한다면서 수천만 달러를 들여 지은 건물이다.

일설에는 그 호화스러움이 얼마나 극치에 달했으면 김일성도 그 건물을 돌아보자마자 너무도 어이가 없어 당장 폭파해 버리라고 말하며 크게 화를 냈다고 한다.

하지만 건물은 김정일의 설득으로 폭파되지 않았다.

그 후 북한을 방문하는 외국 수반이 이용할 수 있게끔 했으나, 원래 목적과 달리 파티라든가 각종 비밀모임이 이루어지는 김정일 전용 초대소로 이용되고 있었다.

대동강 초대소는 백화원 초대소보다 경비가 훨씬 삼엄했다.

근래에 지어진 건물이라서인지 백화원 초대소보다 깔끔

하고 화려했다.

"어서들 오십시오."

우리는 맞이한 인물들은 연형묵 정무원총리와 장성택이었다.

연형묵 또한 김정일의 최측근 중의 하나이자, 백화원 초대소에서 만났던 김달현 부총리와는 숙적 관계였다.

"다시 뵙게 되어 반갑습니다."

박철재와 연형묵은 구면이었다.

"잘 오셨습니다."

"반갑습니다."

김우중 회장까지 인사를 나누고 나서야 내 차례가 되었다.

"안녕하십니까? 강태수라고 합니다."

"어서 오십시오. 당비서 동지께서 특히나 강 대표님을 뵙고 싶어 합니다. 자, 안으로 드시지요."

연형묵은 내 손을 반갑게 잡으며 말했다.

우리가 안내된 곳은 중세유럽의 궁정처럼 실내장식이 되어 있는 회의장이었다.

화려하고 고급스러운 긴 탁자가 중앙에 놓여 있는 곳으로 전면에는 백두산 천지를 그려놓은 장엄한 그림이 걸려 있었다.

회의 탁자에 함께 착석한 북측 인물은 우리를 맞이했던 연형묵 정무원총리와 장성택 부장이었다.

5분 정도 신상에 관한 환담이 오가고 나자 기다리던 김정일이 수행원과 함께 모습을 드러냈다.

상당한 풍채를 지닌 아버지 김일성과 달리 김정일은 작은 키와 체격으로 인해 왜소해 보였지만 눈매만큼은 무척이나 날카롭고 영민해 보였다.

김정일의 머리스타일인 파마머리는 작은 키를 더 크게 보이려고 한다는 말이 있었다.

"다시들 보니 반갑습니다. 자주 보니까 두 분 다 우리 식구 같습니다."

김정일은 여유로운 농담을 곁들이며 박철재 정무장관과 김우중 회장에게 손을 내밀었다.

"저도 무척 반갑습니다. 건강하시지요?"

"하하! 나야 늘 정력적이지 않습니까. 노태우 대통령께서도 건강하시지요?"

박철재의 말에 김정일은 웃음을 내보이며 말했다.

"예, 건강하십니다."

"다들 건강하셔야지요. 김 회장님도 혈색이 좋아 보이십니다."

"감사합니다. 당비서께서도 활기차 보이십니다."

"고맙습니다. 북조선을 위해 좋은 사업 좀 많이 해주십시오."

두 사람과 인사를 마치고 내 앞으로 다가온 김정일은 내 얼굴을 유심히 보았다.

"동무가 러시아에서 그리 잘나간다는 강태수 대표요?"

김정일은 다른 사람들에게 했던 말과는 다른 말투로 내게 질문을 던졌다.

'말이 상당히 직설적이구나.'

"예, 강태수는 맞습니다만 당비서 동지처럼 잘나가지는 않습니다."

내 말에 주변 인물들의 표정이 순간 경직되는 것이 느껴졌다.

남측이나 북측 인원들 모두가 긴장하며 김정일과 나를 주목했다.

"하하하! 우리 강태수 대표께서 말을 재미있게 잘하십니다. 자자! 우리 앉아서 이야기합시다."

김정일은 내 대답이 마음에 들었는지 내 어깨까지 두드리며 말했다. 김정일이 즐거워하는 웃음소리에 순간 경직되었던 분위기가 풀어졌다.

그는 내 대답 이후 다른 사람에게처럼 내게도 존댓말을 했다.

"강태수 대표께서는 나이가 어떻게 되십니까?"

김정일은 자리에 앉자마자 내 나이를 물어왔다.

"72년생으로, 올해 만으로 스무 살입니다."

내 대답에 주변에 있는 인물들 모두 놀라는 모습이었다. 내 나이를 알고 있는 사람도 있었지만 내가 직접 이야기하는 거와는 느낌이 달랐다.

"허허! 이거 정말이지 믿지 못할 일이네요. 아니, 스무 살의 나이에 러시아의 룩오일을 운영한다는 말입니까?"

김정일은 룩오일에 대해 알고 있었다. 구소련은 한때 룩오일을 통해서 북한에 석유와 가스를 공급해 주었다.

"예, 룩오일은 물론이고 지난달에 노바테크라는 에너지 회사도 저희가 인수를 했습니다."

내 말에 김우중 회장과 북측 인사들의 놀라는 표정이 내 눈에 들어왔다.

노바테크 인수와 관련된 일은 대외적으로 알리지 않고 있었다.

"우리 공화국에도 강태수 대표님과 같은 일꾼이 많이 나와야지 발전을 하는데 말이야. 장 부장 동지가 강태수 대표께 그 점을 많이 물어보라우."

김정일은 나와 장성택을 번갈아 쳐다보며 말했다.

"예, 많이 배우겠습니다."

장성택은 꼼꼼하게 김정일의 말을 메모해 가면서 대답했다.

김정일은 관심은 나에게 있었다. 회담을 진행하는 내내 나의 신상과 관련된 질문을 자주 던졌다.

1시간 정도 진행된 회담에서 김정일은 한반도를 관통하는 송유관에 대한 욕심을 가감 없이 드러냈다.

"남쪽이나 우리나 이번 일이 잘 진행되면 서로에게 상당한 이익이 되지 않겠습니까? 남쪽이 자본을 대고 우리가 노동력을 제공하면 그리 어렵지도 않을 것입니다."

그는 핵심적인 사항을 잘 파악하고 간결하게 요점을 정리하는 능력이 뛰어났다.

김정일을 내외부에서 평가하기를 머리가 좋고 순발력이 뛰어나서 유머감각이나 재치가 번뜩이는 재주를 가지고 있다고 했다. 거기에 예술적인 감각도 뛰어난 모습을 보였다.

그러나 논리적으로 깊이 있게 사고하기보다는 그때그때의 느낌으로 판단하는 경향이 있어 행동에 일관성이 없고 불안정하다는 말도 들려왔다.

"저희 정부에서도 이번 북쪽의 제의에 적극적으로 임할 생각입니다. 당비서께서 말씀하신 것처럼 남북한 모두에게 이익이 될 수 있는 일입니다."

박철재는 이번 일을 민간이 주도하는 것이 아닌 정부 주도로 이끌어 가길 바랐다.

그래야만 이번 대선이나 차기 정부에서도 자신이 영향력을 행사할 수는 여지를 둘 수 있었다.

"주석 동지께서도 지대한 관심을 두고 계십니다. 이번에는 말이 아니라 행동으로 보여주시기 바랍니다."

이번 제의는 김정일이 아닌 김일성이 제의한 일이었다. 하지만 지금 회담을 나누고 있는 자리에는 김일성이 가까이하는 측근들은 전혀 배석하지 않았다.

"물론입니다. 저희가 이렇게 북한을 방문한 것도 실질적인 일을 위해서입니다. 이번 일은……."

김정일이 묻는 물음에 주로 박철재가 답을 했다. 나와 김우중 회장은 될 수 있으면 말을 아꼈다.

5분 정도 더 이야기를 나누다가 김정일은 다른 용무가 생겨 회담장을 떠났고, 우리는 다시금 백화원 초대소로 돌아왔다.

Chapter 8

　백화원 초대소로 돌아오자마자 난 이런저런 생각에 빠져 들었다.

　"박철재가 욕심을 많이 내던데… 하지만 현 정부는 밑그림 그리는 정도로만 관여해야 일이 성공할……."

　따르릉! 따르릉!

　그때 방 안에 있는 전화기가 전화벨이 울렸다.

　"여보세요?"

　─강태수 대표님, 2시간 후에 백화원 만찬장에서 환영 만찬이 있을 예정입니다.

2시간 후에 김달현 부총리가 주체하는 환영 만찬이 백화원 초대소에서 있을 예정이라는 안내였다.

"알겠습니다."

따르릉! 따르릉!

전화기를 내려놓자마자 다시금 벨이 요란하게 울렸다.

"말을 다 전하지 못했나? 여보세요."

—강태수 대표님이 맞습니까?

조금 전 만찬 일정을 말해주었던 목소리가 아니었다.

"예, 맞습니다만 누구십니까?"

—누구에게도 말씀하시지 마시고 1호각 건물로 혼자 오십시오. 강태수 대표님을 만나고 싶어 하는 분이 계십니다. 반드시 혼자 오셔야 합니다. 그러면 강 대표님이 원하시는 걸 얻을 수 있습니다.

딸각!

수화기 너머로 들리던 목소리는 내 의사도 묻지 않고 전화를 끊었다.

"뭐냐? 내가 원하는 거라니… 도대체 누군데 오라는 거야?"

뜬금없는 소리 같았지만, 그냥 넘길 수도 없는 말이었다.

백화원의 1호각 건물은 한 나라의 국가원수급 인물이나 수상이 방문했을 때에만 이용할 수 있었다.

현재 방북한 인물 중에서 1호각을 이용할 수 있는 위치의 사람은 없었다.

'1호각은 대통령이나 수상이 방문해야만 개방된다고 했는데? 더구나 현재 백화원에는 우리 말고 없다고 했는데… 설마!'

전화를 받고 난 후 여러 생각이 떠오르다가 한 사람이 갑자기 생각났다.

"아닐 거야, 그 사람이 설마 이곳에……."

한 통의 전화로 인해 머릿속이 복잡해졌다.

명쾌하게 머릿속을 비우기 위해서는 1호각 건물로 가보면 될 문제였다.

"그래, 가보면 알겠지."

결정을 내리자마자 나는 방을 나서 엘리베이터에 향했다. 복도에는 북한의 안내원이 자리를 비우고 없었다.

1층에 내려서자 그곳에는 북측 안내원이 대기하고 있었다.

"산책 좀 하려고 합니다."

"안내해 드리겠습니다."

북측 안내원은 상냥하게 웃으면서 말했다.

"아닙니다. 그냥 생각할 것도 있고 해서 혼자 걷고 싶습니다."

"예, 그렇게 하십시오."

내 말에 북측 안내원은 별다른 토를 달지 않고 자기 자리로 돌아갔다.

1호각 건물은 2호각 건물에서 빠른 걸음으로 2~3분 정도 되는 거리에 있었다.

나는 천천히 주변을 둘러보면서 위쪽으로 걸었다.

무슨 지시가 내려졌는지 처음 방문했을 때와 달리 초대소 주변에 보였던 경비원과 안내원들이 보이지가 않았다.

1호각 건물에 다다랐을 때쯤 굳게 닫혀 있던 건물의 문이 열렸다. 아마도 걸어오는 나를 확인한 것 같았다.

꼴깍!

긴장했는지 나도 모르게 침이 삼켜졌다.

"들어가 보면 알겠지."

나는 주변을 살피면서 빠르게 건물 안으로 들어섰다.

안에 들어서자 다섯 명의 건장한 사내가 자리하고 있었다. 다들 눈매들이 날카롭고 예사롭지 않았다.

몸에서 풍겨 나오는 기운을 최대한 억제하고 있었지만, 은연중에 사람을 압박하는 기운이 느껴졌다.

"강태수 대표님이십니까?"

그중에서 나이가 제일 많아 보이는 인물이 내게 물었다. 분명 내가 누구인지 알고 있는 듯했지만 확인하듯이 물었다.

"예, 전화를 받고 왔습니다."

"잠시만 양팔을 벌려주시겠습니까?"

"예?"

그의 말을 순간 이해하지 못했다.

"경호 때문입니다. 양해 부탁하겠습니다."

"아, 예."

나는 그의 말에 따라 양팔을 벌렸다. 그러자 왼쪽에 있던 사내가 내 몸을 위에서부터 만지기 시작했다.

"아무 문제 없습니다."

내 몸을 수색한 사내의 말에 연장자로 보이는 인물이 나를 안내했다.

"이쪽으로 가시지요."

그의 뒤를 따라 두 개의 문을 지났다. 문마다 두 명씩 경호원이 서 있었다.

세 번째 문을 통과하자 접견실로 보이는 방이 나왔다. 그곳에는 한 인물이 푹신한 의자에 기대어 뭔가를 생각하는지 눈을 감고 있었다.

"저는 이곳에 있을 것입니다. 이상한 행동은 삼가시길 바랍니다."

사내는 말과 함께 은연중에 나를 압박하는 기운을 흘렸다.

순간 김만철을 능가하는 기운이 그에게서 흘러나왔다.

"알겠습니다."

나는 대답을 한 후에 천천히 의자에 기대어 있는 인물에게 다가갔다.

그는 내가 예상한 대로 북한에서 인민의 아버지이자, 위대한 수령으로 칭송받고 있는 김일성 주석이었다.

내가 그의 앞에 서자 감겨 있던 김일성의 눈이 떠졌다.

신문이나 방송, 기록영화에서나 접할 수 있었던 인물이 지금 내 눈앞에 앉아 있었다.

올해 80세가 된 김일성은 생각보다 많이 피곤하고 노쇠해 보였다.

북한을 영원히 통치할 것 같았던 그도 이젠 정력이 쇠한 노인으로 변한 것이다.

그는 현재 협심증과 당뇨는 물론 목 뒤의 물혹, 피부병 등의 지병을 가지고 있었다.

"서 있지 말고 앉으세요, 강태수 선생."

김일성은 내 이름을 정확하게 알고 있었고 선생이라는 호칭을 붙였다.

그의 목소리에는 힘이 없어 보였다.

"아, 예."

의자에 앉자 김일성은 나를 천천히 살피듯 바라보았다.

"듣던 대로 아주 젊고 훤칠하게 생기셨습니다."

"감사합니다."

"북조선을 방문해 보니 어떻습니까?"

'뭘 알고 싶은 거지?'

"평양은 깨끗하고 활기차 보였습니다. 하지만 개성에서 평양으로 이동 중에 보았던 마을들은 솔직히 남쪽보다 많이 뒤처진 것 같습니다."

더하거나 빼지 않고 내가 본 그대로를 솔직하게 말했다.

"음, 강 선생의 말이 모두 맞습니다. 내가 줄기차게 자립적 민족경제 건설을 위해 자립갱생을 이끌었지만, 결과적으로 평양을 제외하고는 모든 것이 남조선에 뒤지고 말았습니다. 북조선 인민들에게 흰 쌀밥과 고깃국을 먹게 하려고 줄기차게 일을 해왔는데, 지금 와서 보니 해놓은 것이 없어 보입니다."

김일성은 타고난 체력과 정신력으로 오전 6시부터 저녁 10시까지 16시간 이상씩 장기간 정무를 지금까지 주관해 왔었다.

하지만 그의 그러한 노력과는 상관없이 북한의 경제력은 해가 갈수록 떨어지고 있었고, 지방에는 쌀 배급이 이루어지지 않고 있었다.

"그래서 요새 내가 아주 걱정이 많습니다. 소련이 무너지고 동구라파의 나라들도 모두 공산주의를 저버렸습니다. 아니지, 인민의 봉기로 공산 국가들이 붕괴한 것이 맞겠지요. 북조선공화국은……."

김일성은 자신의 넋두리를 늘어놓듯이 이야기를 했고 난 그의 말을 경청했다. 왜 그가 처음 보는 나에게 이러한 말들을 꺼내는지 알 수 없었다.

"북조선의 위대한 수령이라고 불리는 내가 말입니다, 지금 어디를 가든지 감시를 받고 있습니다. 후후! 지금쯤 호위사령부는 난리가 났을 것입니다."

담담하게 말하는 김일성의 입에서는 도저히 믿을 수 없는 이야기가 흘러나왔다.

김일성이라는 이름은 북한에서는 절대 권력의 상징이자 누구도 거역할 수 없는 이름이었다.

"지금 하신 말씀이 사실입니까?"

"안타깝게도 사실입니다. 후! 모든 걸 내가 자초한 일이니 어쩌겠습니까. 내가 강태수 선생을 보자고 한 것은 내 잘못된 선택을 이 나라와 인민들을 위해서 바꿔보고 싶어서입니다."

김일성의 경호를 담당하는 곳은 호위사령부 1호 호위총국이었다. 2호 호위총국은 김정일을 경호한다.

실제로 2호 호위총국에서는 김정일의 지시로 김일성의

동선과 일정 등 일거수일투족을 감시할 뿐만 아니라 그의 집무실과 사저의 전화를 도청했다.

'김일성도 감시를 당한다니… 잘못된 선택은 뭘 의미하는 거지?'

"지금 말씀이 무슨 뜻인지요?"

나는 조심스럽게 물었다.

"지금 북조선을 이끌어 가는 김정일 당비서를 교체하려고 합니다. 하지만 그건 쉽게 이루어질 수 있는 일이 아닙니다. 정일이가 가지고 있는 권력과 지지 세력이 만만치가 않습니다. 그래서 강 선생의 도움이 필요합니다."

김일성의 입에서는 생각할 수도 없었던 이야기들이 계속해서 흘러나왔다.

"제 도움이라니요?"

"내가 평일이를 불가리아에서 불러들여 송유관 사업을 맡길 생각입니다. 이 사업이 성공적으로 이루어진다면 평일이는 정일이와 맞설 힘을 얻을 수 있습니다. 그래야만 정일이가 망쳐 버린 경제를 평일이가 일으킬 수 있고, 북조선을 잘 이끌 수 있다는 명분이 생기는 것입니다. 이곳에서도 명분 없이는 북조선 당국자들과 인민에게 지지를 얻을 수 없습니다."

김일성의 발언은 내가 알고 있는 북한의 미래를 완전히

바꿀 수 있는 말이었다.

'김평일로 후계자를 바꾼다는 말인데…….'

70년대 중반 김일성은 자신의 후계구도를 세울 때 비이성적인 선택을 했다.

후계자로 자타가 인정하는 김평일이 있었지만, 김정일을 선택한 것이다. 그 당시 김평일은 호위사령부 장갑차 대대장을 거쳐 인민무력부 작전국 부국장에 재직하고 있었고, 김정일은 선전부에서 활동했다.

김평일은 1977년 김일성 종합대학 경제학부를 졸업한 뒤 78년부터 81년까지 김일성 군사종합대학에서 고급 군관교육을 받았다.

김일성 군사종합대학은 대위급 이상의 군관을 선발해 군사전략 등을 연수시키는 북한 최고의 군 엘리트 교육기관이다.

"그 말씀은 후계자를 바꾼다는 말씀이십니까?"

"원래의 생각으로 돌아가는 것입니다. 이전부터 나는 당(黨)은 정일에게, 군(軍)은 평일이에게, 행정부(政)는 영일이에게 맡긴다는 생각을 꾸준히 해왔습니다. 하나 자칫 집중되지 않은 권력으로 인해서 혼란이 발생할까 봐 정일이를 선택했지만, 내 선택은 틀렸소이다. 지금이라도 틀린 선택을 바로 잡으려고 하는 것입니다."

'아버지와 아들의 권력 다툼이 시작되었구나. 여기에 잘 못 끼어들었다가는 뼈도 추리지 못할 수도 있는데……'

김정일은 이복형제 김평일에 대해서 열등감을 가지고 있었다. 김일성을 빼다 박은 김평일은 외모면 외모, 학교 성적이면 성적 모든 면에서 김평일이 더 좋은 평가를 받았기 때문이다.

김정일은 이복형제 중에서도 김일성의 둘째 부인 김성애의 장남인 김평일을 최대 정적으로 간주했는데, 김일성을 빼닮은 외모는 김정일이 가지지 못한 경쟁력이다.

"죄송한 말씀입니다만 저는 사업가이지 정치인은 아닙니다. 이 일에는 나설 수가 없습니다."

"하하! 우리 강 선생이 배짱 하나는 좋은 줄로 알았는데, 아니었소? 당비서가 야심차게 진행했던 과업을 모스크바에서 방해하시던 배짱은 어디 가셨소이까?"

김일성은 내가 모스크바에서 박상미를 도왔던 일을 알고 있었다.

"그게 무슨 말씀이십니까? 저는 알지 못하는 일입니다."

내 말에 김일성은 잠시 뭔가를 생각하듯이 눈을 깜빡거렸다.

"그래요, 강 선생이 알지 못하는 일로 합시다. 그 일을 떠나서 강 선생이 날 좀 도와주시오. 북조선 인민들은 물론이고 남조선에도 평일이가 새로운 지도자로 나서는 것이 여러모로 좋은 일이 될 것입니다. 그렇게만 된다면 내 강 선생에게 북조선의 지하자원을 독점으로 개발할 수 있게 해주겠소이다."

'북한의 지하자원이라… 분명한 특혜이지만 잘못하면 목숨을 부지할 수 없을 상황에 부닥칠 수도 있겠지.'

북한의 지하자원은 석유, 가스를 제외한 채굴할 수 있는 200여 종 달하는 광물이 대부분 부존된 것으로 알려졌다.

그중에 아연, 마그네사이트, 중석, 인상흑연은 세계 3~4위권 매장량으로 추정하고 있다.

북한의 지하자원은 남한에 21배나 많은 매장량을 가지고 있으며 잠재적 가치는 9조 7천 574억 달러에 달한다.

이를 한국 돈으로 환산하면 1경이 넘어가는 엄청난 금액이었다.

하지만 정확한 타당성과 채산성을 조사해야만 알 수 있는 일이었다.

남한 금속 광산물의 자급률은 0.4%로, 상위 5품목(철, 동, 인, 아연, 은) 수입 비중이 국내 전체 광산물 수입액의 90%를 점유하고 있다. 따라서 국내 광산물 주요 교역은 호주, 브라질, 칠레, 페루 등에서 수입되는데, 매년 막대한 운반 비용을 지급하고 있다.

만약 북한 광물로 남한 산업원료 수요를 대체한다면 공급 안정화와 더불어 운송비용 절감이라는 두 마리 토끼를 잡을 수 있었다.

"김정일 당비서가 가만있겠습니까?"

"당연히 가만있지 않을 것입니다. 하지만 내가 건재하는 한 내 주변 사람들을 함부로 건드리지는 못합니다. 그리고 정일이를 지지했던 빨치산 동지들도 평일이를 다시 지지하기로 했습니다. 그리고 평일이가 평양으로 들어오면 안전은 강 선생이 운영하는 경호회사에서 책임져 주시오."

김일성은 코사크에 대해 알고 있었다. 그는 나에 대해서 상세하게 조사한 것 같았다.

김평일은 70년대 중반까지 승승장구를 달리다가 빨치산 원로회의에서 김정일을 지지하면서 뒤로 밀려났었다.

빨치산 출신들은 북한을 설립하는 데 지대한 공헌을 했고 그들은 김일성과 김정일도 무시하지 못하는 북한의 핵심권력층이었다.

빨치산 출신의 아들딸들도 정해진 엘리트코스를 단계적으로 밟아가며 북한의 핵심권력층에 포진하고 있었다.

현재 김정일이 주도한 경제개발 계획과 정책들이 잇따라 실패하고 도가 지나친 그의 행동에 빨치산 원로들의 마음이 하나둘 떠난 상태였다.

더구나 군대에 가지 않은 김정일과 달리 김평일은 군사 경험이 풍부해 북한 군부의 지지를 받고 있었다.

"저에게 생각할 시간을 주십시오. 쉽게 결정할 문제가 아닐 것 같습니다."

"그렇게 합시다. 강 선생께서 내일까지 결정을 내려주시길 바랍니다. 시간을 끌면 끌수록 정일이가 냄새를 맡을 테니까. 난 우리가 했던 방법이 잘못됐다는 것을 잘 알고 있소. 이번 결정으로 지난날의 과오를 바꾸기 원합니다. 지금 내 소원은 단 하나요. 북조선 인민들이 배부르게 걱정 없이 사는 것뿐입니다."

평양을 제외한 다른 지방에서 쌀이 배급되지 않는 것을 알게 된 것이 김일성의 마음을 결정적으로 움직이게 하였다.

김정일은 자신의 잘못을 숨기기 위해서인지 이러한 보고를 김일성에게 하지 않았었다.

"제가 연락을 어떻게 드리면 되겠습니다."

"내일 나와 공식적인 만남을 가질 자리에서 대답을 하시면 됩니다."

'공식적인 만남이라. 아직 정해진 것이 없었는데…….'

"알겠습니다. 만약 이 일을 하게 된다면 제 조건을 따로 말씀드릴 기회를 주십시오."

"하하하! 그렇게 하시지요. 자, 나는 정일이가 눈치채기 전에 가봐야겠습니다. 우리 한번 멋진 일을 만들어봅시다."

김일성은 나에게 악수를 청했고 난 그의 손을 잡았다.

지금 북한은 조선 초기 이성계와 그의 아들 이방원이 벌였던 권력 다툼이 재현되고 있었다.

*   *   *

숙소로 다시 돌아온 나는 많은 생각이 날 사로잡았다.

'두 사람의 권력 싸움에 잘못 휘말리게 되면… 하지만 북한 주민들이 지금보다 더 나은 삶을 살아갈 수도 있지 않을까? 그렇지만 이건 너무 위험한 일이야…….'

한꺼번에 너무 생각들이 떠오르고 수시로 생각이 바뀌었다.

문제는 나 혼자만 위험을 감수하는 것이 아니란 거였다.

자칫 김만철과 티토브 정 등 주변에 있는 사람들도 나로 인해서 위험해질 수 있었다.

"그래, 두 사람과 의논을 하고 결정하자."

두 사람이 머무는 3호각 건물로 가려고 할 때 두 사람이 룩오일의 니콜라이 기술이사와 들어왔다.

러시아에 머물던 니콜라이는 따로 움직였다.

"이제 도착했습니다."

니콜라이는 날 보자마자 정중히 고개를 숙이며 말했다.

"오시느라 수고하셨습니다. 그렇지 않아도 여러분들과 할 이야기가 있었습니다. 우선은 이 방이 안전한지 확인이 필요합니다."

난 일부러 작은 목소리로 말했다.

나의 말뜻을 알아들은 김만철과 티토브 정은 도청기가 있을 만한 곳을 확인했다.

예상대로 책상 위 전등 안쪽과 접견실에 놓여 있는 의자 아래에서 도청기가 나왔다.

"이제 말씀하셔도 될 것 같습니다."

김만철의 말에 나는 김일성과의 만남을 가졌던 이야기를 꺼냈다. 니콜라이에게는 양해를 구하고 두 사람에게만 이 말을 전했다.

"30분 전에 김일성 주석과 만났습니다."

"예, 정말이십니까?"

제일 놀란 것은 김만철이었다.

이번 방북 중에 혹시나 김일성과 김정일을 만날 수도 있을 것 같다는 말을 했지만 실제로 이루어질지는 장담할 수는 없었다.

"예. 김일성 주석은 김평일에게 이번 송유관 설치와 관련된 일을 맡기려고 합니다. 그 일을 발판으로 현재 권력을 잡고 있는 김정일……."

두 사람은 내 말을 단 하나도 놓치지 않으려고 집중했다. 두 사람 또한 내가 하는 말이 얼마나 큰 사태를 불러올지 잘 알고 있었다.

"그래서 나에게 도움을 요청했습니다. 북한 당국에서는 날 일개 성공한 사업가로밖에는 보지 않고 있었지만, 김일성은 날 제대로 파악하고 있었습니다. 김평일에 대한 경호 문제도 코사크에 맡기겠다고 했습니다."

김일성에게 들은 이야기를 두 사람에게 모두 전했다.

"이건 쉽게 결정할 문제가 아닙니다. 잘못하면 대표님이 위험해질 수 있습니다. 아니, 이 일을 맡는 순간부터 김정일과 그를 추종하는 세력의 표적이 될 수 있습니다."

김만철 또한 나와 같은 생각이었다.

"여긴 모스크바보다도 훨씬 위험한 곳입니다. 대표님의 안전이 마련되지 않은 상태에서는 절대 움직여서는 안 됩니다."

티토브 정 또한 크게 다르지 않은 말을 했다.

"만약 김평일이 권력을 잡으면 북한이 달라질 수 있습니까?"

나는 김만철에게 물었다. 북한에서 태어나고 생활했던 그였기에 정확한 대답을 해줄 수 있었다.

"달라질 것입니다. 김평일은 화통하고 리더쉽이 뛰어난 인물입니다. 그가 권력을 잡으면 북한은 지금보다 훨씬 합리적으로 바뀔 것입니다."

김만철이 대답이 맞는다면 북한을 변화시킬 수 있는 기회였다.

"좋습니다. 내가 이 일을 결정하면 두 분은 저를 따르시겠습니까?"

"그걸 말이라고 하십니까. 어느 쪽을 선택하든 전 대표님과 함께합니다."

"물론입니다."

김만철과 티토브 정은 당연하다는 듯이 말했다. 두 사람의 대답에 결심이 섰다.

'좋아, 한 번 해보는 거야.'

"감사합니다. 저는 남북한과 한민족을 위한다는 거창한 이유로서 이 일을 결정하지 않겠습니다. 전 사업가의 눈으로 봤을 때, 송유관 사업은 룩오일이 정상에 오를 기회입니다. 저는 이 기회를 놓치고 싶지 않습니다. 두 분은 저와 김평일의 안전을 위한 방법을 마련해 주십시오. 저 또한 별도의 안전장치를 만들어 놓겠습니다."

북한을 관통하는 송유관과 지하자원을 손에 넣는다면 나는 대한민국에서 그 누구도 손에 넣지 못한 이윤을 얻을 수 있었다.

더구나 이 일이 성공한다면 남북한 모두에게 큰 변화와 변혁에 맞닥뜨리게 할 수 있었다.

Chapter 9

　방북 환영 만찬은 예정대로 치러졌다.

　만찬장에 참석한 중요 인물로는 김달현 부총리와 김정우 대외경제사업부 부장, 그리고 청년 및 3대혁명소조부 부장인 장성택이 참석했다.

　그리고 실무적인 일을 진행할 김달현이 이끄는 국가계획위원회에 속한 인물들이 대거 참석했다.

　북한이 송유관 건설을 어떻게 바라보고 있는지를 설명하는 모습이었다.

　만찬장의 분위기는 자유로웠고 곳곳에서 남북한 실무관

계자들이 허심탄회하게 이야기를 나누는 모습이 보였다.

내 옆으로 장성택 부장이 다가왔다.

"당비서 동지께서 강태수 대표님께 많이 배우라고 해서 물어볼 것이 많습니다. 잘 좀 가르쳐 주셔야 합니다."

장성택은 김정일이 했던 말을 핑계 삼아 나에게 말을 걸었다.

"제가 장성택 부장님에게 가르치다니, 오히려 제가 배워야 할 것이 많습니다. 저는 사업만 할 줄 알지 다른 것은 많이 부족합니다."

"하하! 그렇습니까? 그럼 서로에게 도움이 될 일들을 잘 나누어보시지요. 공화국은 처음 방문하신 것이지요?"

"예, 이번이 처음입니다."

"강 대표님이 보시기에는 공화국이 어떻습니까?"

김일성이 나에게 던졌던 질문을 장성택이 다시금 했다.

"글쎄요. 어떤 것을 원하시는지는 모르겠지만 제 눈에 비친 북한은 참 딱해 보였습니다."

내 말에 장성택은 손가락으로 안경을 추켜올리며 물었다.

"그게 무슨 말씀이십니까?"

"남한보다도 많은 지하자원과 물적 자산들을 가지고도 아직도 제자리에 머물고 있으니까요. 세계는 하루가 다르게 변화하고 있는데도 스스로 문을 닫아버린 채, 자력갱생만을 내세우는 모습이 솔직히 어리석게 보일 때도 있습니다."

난 과감하게 북한의 현 모습에 대해 말했다.

장성택은 내가 이렇게까지 노골적으로 이야기할 줄을 몰랐다는 표정이었다.

"하하하! 강태수 대표님은 어디서나 이렇게 강단 있게 말을 하십니까?"

"사실을 있는 그대로 이야기하는 것에는 강단이 필요하지 않습니다."

"역시, 보통 분이 아니라고 생각했는데 제가 생각했던 것 이상이십니다. 지금까지 강 대표님처럼 이야기를 한 남한 사람은 처음이었습니다."

"북한에는 많았습니까?"

"아니요. 그렇게 말했다가는 교화소나 심하면 하늘나라로 가게 되지요."

입가에 웃음을 머금고 말을 하는 그도 앞으로 후견인을 맡게 되는 조카인 김정은에게 숙청당해 어이없이 죽임을 당했다.

장성택은 김정일로부터 '믿고 의지할 사람은 너밖에 없다' 라는 말을 종종 들을 만큼 친숙한 관계였는데, 90년 6월

비어 있었던 국가보위부장에 장성택을 추천할 만큼 신임이 각별했다.

그러나 절대적인 신임을 보내는 김정일과 달리 김일성으로부터는 직간접으로 견제를 받고 있었다.

장성택이 김일성종합대학 재학 시절, 김일성의 딸인 김경희와의 결혼을 반대했을 뿐만 아니라 결혼을 무산시키기 위해 장성택을 원산에 위치한 송도정치경제대학에 강제로 전학시켰다. 또한 장성택을 국가보위부장직에 앉혀달라는 김정일의 요청도 묵살해 버렸다.

장성택이 김일성으로부터 견제를 받는 것은 장성택의 인물됨이나 능력이 뛰어났기 때문에 김정일의 위상에 영향을 미칠 것을 염려한 것이었다.

"정말 안타까운 일입니다. 이런 상황에서 누가 과연 올바른 말을 할 수 있겠습니까."

"저희는 쉽게 할 수 없으니 강태수 대표님께서 해주시지요. 사실 당비서께서도 충분히 공감하고 계시는 일이지만 공화국은 체계가 많이 경직되어 있습니다. 위에서 내리는 지시가 일꾼들에게 잘 전달되었다고 해도 그에 걸맞은 성과를 잘 내지 못하고 있습니다. 그것이 여러 가지 환경적인 요인들도 있고 부족한 산업기반에서도 영향을 받고 있습니다."

장성택은 북한 계획경제의 한계와 뒤떨어진 산업시설의 문제를 잘 알고 있었다. 그는 중국식 개방정책을 통해서 북한의 경제발전을 이루어나가길 원했다.

　"그건 어쩌면 당연한 일입니다. 더욱이 대가와 성취감이 없는 노동은 한계가 있습니다. 변화의 바람이 불고 있는 러시아나 중국은 열심히 일하면 잘살 수 있는 토대를 만들어 주고 있습니다. 북한도 그러한 변화를 주어야만 주민들은 물론이고 나라도 부강할 수 있습니다."

　"하하하! 강 대표님께서 똑 부러지게 말씀하시니 뭐라 할 말이 없습니다. 시간이 되시면 저와 술이나 한잔하시면서 말씀을 좀 나누었으면 합니다. 제가 긴히 물어볼 말도 있습니다."

　만찬장은 보는 눈이 많았기에 깊은 이야기를 하기가 어려웠다.

　'단둘이 만나자는 것인데…….'

　"물론입니다. 연락해 주십시오."

　"예, 연락드리겠습니다."

　장성택은 자리를 이동해 박철재에게 다가갔다.

　그가 이동한 후 김달현 부총리와 김정우 대외경제사업부 부장과도 이야기를 나누었다.

　김달현 부총리는 올 7월 남한을 방문해 대기업들의 생산

공장 등을 둘러보았었다.

김달현 부총리는 북한의 현실을 가장 바꾸고 싶어 하는 인물 중 하나였다.

만찬장에서는 실제적인 이야기보다는 형식적인 이야기들을 나누었지만, 그가 갖고 있는 경제 지식이 뛰어나단 건 알 수 있었다.

그 또한 나를 조용한 곳에서 다시 만나고 싶어 했다.

환영 만찬은 2시간 정도 진행된 후에 끝이 났다.

*　　　*　　　*

숙소로 돌아온 나는 잠을 제대로 이루지 못했다.

김일성 주석이 제의한 일에 대해서 깊은 고민에 빠질 수밖에 없었다.

사실 난 그의 말을 100% 신뢰하지 않았다.

그는 나를 김정일과의 권력 다툼에서 유리한 고지를 점령할 도구나 패로 사용할 수 있었다.

김일성은 무서운 사람이었다.

김일성은 김정일이 주도했던 자신에 대한 우상화 작업을 스스럼없이 받아들였던 인물이다.

김정일이 정치계에 입문했을 때 그는 김일성의 말을 절

대 가치로 여기고 기준화하기 시작했다.

권력을 물려받기 위해서 김정일은 김일성의 말대로 행동하고 움직였다.

김일성의 말을 모든 기준으로 삼고는 사람들을 그 안에서만 실수하지 않으면 되는 사람들로 만들어 버렸다.

이 일에 반대하는 인물들은 재판도 없이 사라졌다.

그것이 우상화였고 김정일은 성공적으로 그 일을 해내어 김일성에게 인정을 받았다.

그 결과 김정일은 작은 아버지인 김영주와 계모인 김성애와의 권력 싸움에서 승리했다.

우스운 것은 우상화를 넘어 90년부터 김일성을 신격화했는데도 김정일을 제지하지 않았다는 것이다.

김씨 부자는 권력 유지와 세습을 위해서 북한 주민들을 자신들의 꼭두각시로 만든 것이다.

"김평일이 두 사람과 다르다면 북한을 변화시킬 기회가 될 수도 있겠지. 이 일에 러시아를 끌어들여야만 해……."

내가 생각하는 안전장치는 러시아였다.

러시아 정부에서 송유관 사업에 투자하게 된다면 북한 땅 내에서 벌어질 수 있는 돌발 변수에 대응할 수 있었다.

러시아 정부의 자산이 투자된다면 북한은 섣불리 물리적인 행동을 할 수 없다.

솔직하게 말하면 북한뿐만 아니라 대한민국 정부도 믿을 수가 없었다. 모두가 송유관 사업을 이용하여 각자의 정치적인 목적을 이루려는 의도가 있었다.

오전부터 바쁜 일정을 보냈다.

대외경제사업부에서 북한 측 인사들과 회의가 있었다.

송유관이 지날 지역을 선정하는 문제부터 송유관 건설에 따른 예산과 관련된 사항 등 어느 것 하나 정해진 것이 없기 때문이다.

또한 중국을 관통할 것인지 아니면 러시아의 연해주에서 곧바로 두만강을 거쳐서 내려올 것인지에 대해서도 의견을 나누어야만 했다.

중국을 거친다면 이 사업에 중국도 참여해야만 했다.

나는 물론 중국을 염두에 두고 있었다.

3시간에 걸친 회의에서 북한이 가지고 있는 생각과 의도를 알게 된 것이 성과라면 성과였다.

아직 북한 군부에서는 송유관 사업에 대해 회의적인 시각을 갖고 있었다.

적대적인 관계에 있는 남한에 경제적인 이익을 가져다주어 대남무력적화사업이 늦어질 수 있다는 견해와 송유관 공사가 이루어지는 과정에서 전략적 요충지가 드러날 수 있다는 점을 들어서 반대하는 의견이 많았다.

북한의 보수층과 군부에는 아직도 남한을 무력으로 점령할 수 있다는 망상에 사로잡힌 인물들이 있었다.

난 잠시 회장을 벗어나 바깥공기를 들이마셨다.

"쉽지 않지요?"

김우중 회장의 말이었다.

"예, 생각했던 것보다 훨씬 생각들이 막혀 있네요."

솔직한 심정이었다. 북한의 관료들은 자신들의 생각보다는 윗선이 명령한 범위에서만 회의를 이끌었다.

"후후! 서두르면 지치기 쉽습니다. 북한과 일을 하려면 천천히 가야 하는 게 맞는 것 같습니다."

"그래야 할 것 같습니다. 이대로라면 며칠간 더 머무른다고 해도 답을 찾을 수는 없을 것 같습니다."

"답을 가지고 있는 윗선이 확실한 답을 주어야만 실무진들이 따라올 것입니다. 제가 볼 때는 요새 북한 권력층의 분위기 심상치가 않습니다."

김우중도 북한 권력층에 흐르는 이상기류를 느낀 것이다.

"어떤 면에서 그렇습니까?"

"제가 만나본 북한 측 인사들의 행동에서 뭔가 불안한 면이 엿보였습니다. 오늘 협의에 참석한 인물들도 서로 의견이 통일되지 못하고 다른 주장이 나온 것도 조금 이상합니다."

김우중 회장의 말처럼 주석궁과 중앙당에서 내려오는 지시가 달랐다.

주석궁은 김일성이 머무는 곳이었고 노동당 중앙당사 뒤편에는 김정일의 숙소가 있었다.

"저는 북한과의 회담이 처음이라 잘 몰랐습니다."

"북측 인사들은 대부분 일관성 있게 말을 합니다. 한데 오늘은 좀 달랐습니다."

김우중의 말이 맞을 것이다. 그는 북한 투자를 위해서 작년과 올해 여러 차례 북한을 방문해 관계자들과 협의를 해왔다.

'권력 다툼이 시작되고 있는 건가?'

"그럼 김일성 주석과 김정일 당비서의 생각이 다르다는 것입니까?"

"하하! 거기까지는 저도 잘 모르겠습니다. 하지만 뭔가 이전과는 다르다는 것은 확실합니다."

김우중 회장의 말이 끝날 무렵 다시금 회의를 시작할 것이라는 말이 전해졌다.

1시간 정도 더 진행된 회의에서도 남북한의 입장 차가 상당하다는 것만 다시 확인되었을 뿐이었다.

2차 협의는 오늘과 동일한 장소에서 같은 시간대에 하기로 했다.

나는 백화원 초대소로 돌아왔지만, 박철재 정무장관과 김우중 회장은 각자 별도로 움직임을 가졌다.

김우중 회장은 대우가 추진하는 남포공단 관련된 일로, 박철재는 연형묵 총리와의 면담을 위해서였다.

백화원 초대소에 돌아온 지 30분쯤 되었을 때 방 안의 수화기가 울렸다.

"여보세요?"

─밖에 세워진 벤츠를 타십시오.

어제 김일성을 만나게 했던 목소리였다.

"한데 혼자 움직여야 합니까?"

─수행원은 그곳에 있어야 합니다.

"알겠습니다."

수화기를 내려놓자마자 방에 와있던 김만철이 걱정하듯 말했다.

"어딘지도 모르는 곳에 혼자 움직이시는 것은 위험합니다."

"설마 절 어떻게 하겠습니까? 너무 걱정하지 마십시오."

나는 김만철의 염려를 뒤로하고 숙소를 나섰다.

전화기의 목소리가 말했던 대로 검은색 벤츠가 대기하고 있었다. 벤츠 차량 안에는 운전사 하나뿐이었다.

차에 올라타자마자 벤츠는 빠르게 달리기 시작했다.

"이 차가 어디로 가는 것입니까?"

질문을 던져도 운전사는 말이 없었다.

"말을 안 하시면 차에서 내리겠습니다."

다시 한 번 말을 하자 그제야 운전사는 입을 떼었다.

"주석궁입니다."

주석궁의 공식 명칭은 금수산의사당으로 73년 3월 착공하여 김일성 주석이 65회 생일을 맞이한 77년 4월 15일에 완공되었다.

대지 1백 6만여 평에 건평 1만 5백여 평 규모의 유럽식 궁전을 본뜬 5층 복합 석조 건물이다.

김정일이 김일성의 생일선물로 바치기 위해 직접 건설을 지휘했었다.

벤츠는 빠르게 주석궁으로 내달려 5분도 채 안 되어서 도착했다.

주석궁은 백화원 초대소 근처에 자리 잡고 있었다. 아니, 주석궁 내에 영빈관인 백화원 초대소가 속해 있었던 거였다.

연락을 받았는지 차량은 아무런 제지 없이 주석궁 영내

로 들어섰다.

주석궁은 대동강과 합장강이 합류하는 능라도 북쪽 모란봉의 별칭인 금수한 기슭에 자리 잡고 있었다.

이곳은 예로부터 경치가 뛰어났고 외부의 공격으로부터 보호되는 천연의 요새일 뿐만 아니라, 주석궁 지하 2백m에는 평양 지하철과 비상통로가 연결된 전용 지하철도 갖추어져 있다고 한다.

더구나 이곳은 김일성에게 절대적으로 충성하고 있는 1호 호위총국 최정예 병력에 의해 이중 삼중으로 보호되고 있었다.

호위총국은 조선인민군과 별개의 조직이지만 똑같은 계급과 편제로 구성된 군사조직으로, 10만 명의 병력을 두고 있었다.

북한에서 가장 경비가 삼엄하고 안전하다는 주석궁에 나는 첫발을 내디디고 있었다.

Chapter 10

　주석궁은 호위총국에 속한 천여 명이 넘어서는 경호 인
력이 물샐틈없이 경비하고 있었다.

　건물 안으로 들어서기까지 날카로운 눈매를 지닌 경호원
들의 시선을 한 몸에 받았다.

　호위총국은 한국으로 말하면 대통령 경호실이었지만, 경
호 업무를 넘어 의전은 물론 김일성과 김정일 일가가 사용
하는 생필품과 음식물을 공급하고 별장 관리까지 맡고 있
다.

　주석궁 내에 면담 장소는 대접견장과 소접견장이 있었

다. 나는 대접견장 쪽으로 안내되었다.

대접견장 출입구의 유리창문을 제외하면 벽면, 그리고 건물을 받치고 있는 사각기둥 모두 회색 바탕에 검정무늬 대리석으로 꾸며져 있었다.

대접견장에는 회의실과 환담실 외에도 단독회의실이 자리를 잡고 있었는데, 김일성 주석이 주요 인사들과 단독으로 회담하거나 중요한 사안과 정책을 챙기는 곳이었다.

나 또한 단독회의실로 안내되었다.

그곳에는 금강산에 물든 단풍을 그려 놓은 멋진 풍경화가 걸려 있었다.

"잠시만 이곳에서 기다리시면 됩니다."

나를 안내한 인물이 말을 마치고는 회의실을 나갔다.

20평 정도 되는 회의실에는 8명이 앉을 수 있는 의자와 긴 탁자가 놓여 있었다.

"후후! 정말 여기까지 오게 될 줄이야. 내 인생도 참 대단해졌구나."

인생이 이렇게까지 바뀔 줄 몰랐다.

이전과는 다른 삶을 살고 싶어서 이른 나이에 시작했던 사업이 눈덩이처럼 커져 이제는 대기업이라고 불러도 손색이 없을 정도가 되어버렸다.

이젠 커져 버린 사업을 통해서 전혀 생각지도 못했던 거

물급 인사들을 만나고 있었다.

5분 정도 시간이 지나자 내가 들어왔던 문이 열리면서 한 인물이 들어왔다.

내심 주석궁이라고 해서 다시 김일성 주석을 만날 것이라 생각했었다.

하지만 내 생각과 달리 다른 인물이 천천히 내가 있는 쪽으로 걸어왔다.

"안녕하십니까? 김평일입니다."

나에게 손을 내밀며 자신을 소개하는 인물은 다름 아닌 김일성의 둘째 아들 김평일이었다.

현재 불가리아 대사로 나가 있는 그를 주석궁에서 보게 된 것이다.

백두혈통 곁가지로 불리며 김정일과의 권력싸움에서 뒤처진 후 김평일은 불가리아 대사로, 남동생인 김영일은 독일 주재 대표부 과학 참사관으로, 그의 누나인 김경진도 김광섭 오스트리아 주재 대사와 결혼한 뒤 오스트리아를 벗어나지 못하고 있었다.

그런데 지금 김평일이 평양 주석궁에 모습을 드러낸 것이다.

'벌써 평양으로 불러들였구나.'

"아, 예. 강태수라고 합니다. 반갑습니다."

솔직히 김일성이 이렇게나 빨리 김평일을 불러들일지 몰랐다.

"저를 예상하지 못하셨나 봅니다?"

"예, 솔직히 놀랐습니다."

"제가 평양에 들어온 것을 아는 사람은 몇 사람뿐입니다. 이제 강태수 대표님도 그 몇 사람이 되셨습니다. 아버지께선 강 대표님이 큰일을 할 그릇으로 생각하고 계시더군요."

"글쎄요. 큰 그릇은 아직 멀었습니다. 이제 작은 그릇 형태를 갖추었다고 하면 맞겠습니다."

"하하! 그러십니까? 제가 듣기로는 대단한 분이시라고 알고 있습니다. 러시아의 룩오일을 소유하고 계시고 남한에서도 큰 사업을 하신다고요?"

"남한에서 운영하는 사업체들은 말씀하신 것만큼 큰 사업체는 아닙니다."

"너무 겸손해하시지 않으셔도 됩니다. 저도 보고 듣는 눈과 귀가 있습니다. 솔직히 이 자리에서 강태수 대표님을 만나뵙고 드릴 말씀은 단 하나입니다. 절 도와주십시오."

김평일은 김일성의 젊은 시절의 모습과 정말 많이 비슷했다.

"저는 사업가입니다. 사업적인 부분에서는 언제든지 협력하고 도와드릴 수 있습니다. 하지만 정치적인 문제에는 솔직히 휘말리고 싶지 않습니다."

"당연한 말씀입니다. 저도 아버지의 부름을 받고 일주일 동안은 잠을 이루지 못한 채 고민했었습니다. 지금 시점에서 다시금 새로운 경주를 해야 하는가 하는 고민 말입니다. 단지 저와의 관계가 친숙했다는 이유로 많은 사람들이 자신이 원한지도 않은 삶을 살아가고 있습니다."

김평일이 권력에서 멀어지고 김정일이 후계자로 공식화되자 김평일과 연관된 인물들은 모두 숙청되거나 말단으로 떨어져 나갔다.

'아직 김평일을 지지하고 있는 세력이 있다고 들었는데…….'

"제가 다시 전면에 나서면 또다시 많은 사람들이 아픔을 겪게 될 수도 있습니다. 하지만 세상이 천지개벽하듯이 변화하고 있는 지금, 공화국도 그 변화에 동참하지 않으면 지금 겪고 있는 공화국의 어려움은 계속 진행될 것입니다. 저는 아버님과 형님처럼 공화국 혼자서 모든 것을 할 수 있다는 생각을 하고 있지 않습니다. 그리고 고통받고 있는 인민의 어려움을 외면할 수도 없었습니다. 제가 중심에 설 수 있다면 북남의 관계가 크게 달라질 것입니다."

"무슨 말씀인지는 잘 알겠습니다. 하지만 앞에서 말씀드린 것처럼 전 사업가일 뿐입니다. 어떻게 될지도 모르는 소용돌이 속으로 들어가고 싶지 않습니다."

"틀린 말씀이 아닙니다. 저도 장담하지 못할 소용돌이가 일어날 것입니다. 하지만 그 소용돌이로 인해서 북조선 인민들이 지금보다 나은 삶을 살아갈 수 있습니다."

"글쎄요. 그걸 어떻게 보장할 수 있을까요? 권력은 마약처럼 중독성이 아주 강합니다. 그 권력에 취하게 되면 자신이 처음 가졌던 이상과 신념을 아주 쉽게 바꾸어 버립니다. 전 세계에 존재하고 있는 독재자들을 보면 알 수 있습니다. 그들도 처음에는 나라를 위하는 투사였고 혁명가였습니다."

나는 우회적으로 독재자 중의 하나인 김일성을 비판하는 말을 했다.

"맞는 말씀입니다. 그래서 저는 공화국이 올바른 방향으로 바뀌길 원하는 사람입니다. 아버지의 우상화 작업도 전 반대하는 입장입니다. 지금도 그 생각에는 변함이 없습니다. 인민의 입을 틀어막고 억압과 공포를 조장한다고 해서 현실이 바뀌지 않습니다. 공화국은 변해야 합니다. 지금 당장 남한처럼 모든 것을 바꿀 수 있다고 약속할 수는 없습니다만, 지금처럼 배고픔이 만연한 공화국을 만들지는 않을 것입니다. 지금은 총칼이 모든 걸 해결하는 시대가 아닙니다. 공화국에 설치되는 송유관은 변화의 첫걸음이자 남북한이 적대관계를 청산할 수 있는 기회가 될 수 있습니다."

김평일은 자신이 가진 생각을 가감 없이 드러냈다. 자칫 공화국을 적대하는 반동분자로 몰릴 수도 있는 발언도 서슴지 않았다.

외국에 오랫동안 머물러서인지 국제적인 안목도 뒤떨어지지 않아 보였다.

'음, 말하는 것이 다르긴 한데⋯⋯.'

"저는 장사꾼이라고 할 수 있는 사업가입니다. 제가 얻을 수 있는 이익이 무엇입니까?"

아무런 이득 없이 나설 수는 없었다.

"아버지께서 제의하신 것처럼 공화국 내의 지하자원 개발권을 독점으로 드리겠습니다."

"그건 김평일 대사께서 권력을 확고히 하실 때만 실현될 수 있는 말입니다. 그걸 믿고 모든 걸 투자할 수는 없습니다."

"그런 뭘 원하십니까?"

"91년에 발표하신 나진·선봉경제특구를 특별행정구로 만들어 주십시오. 또한 신의주에도 특별행정구역을 만들어 독립적으로 움직일 수 있게 해주시면 좋겠습니다."

신의주는 중국과, 나진·선봉은 러시아와 가까워 두 나라와 협력하고 사업을 할 수 있었다.

"특별행정구라는 것은 무얼 말하는 것입니까?"

"쉽게 말하면 홍콩을 생각하시면 됩니다. 특별행정구의 주권은 북한에 있지만, 입법권·행정권·사법권을 특별행정구에서 행사하는 것입니다. 북한의 내각과 중앙기관은 특별행정구 사업에 절대 관여하지 않으며 자체적으로 특별행정구의 여권을 따로 발급할 수 있게 하는 것입니다. 한마디로 특별행정구는 기업에 유리한 투자 환경과 경제 활동 조건을 완벽하게 보장하는 구역이라고 보시면 됩니다."

북한이 2002년 시도했던 일을 십 년 가까이 일찍, 그것도 더욱 확장된 개념으로 시작하자는 것이었다.

"공화국 안에 작은 나라를 만들어달라는 말입니까?"

"그렇게 볼 수도 있겠습니다만 그곳에서 완전히 새롭게 판을 짜야지만 북한이 달라질 수 있습니다. 특별행정구에서 저 또한 이익을 낼 수 있는 사업을 할 수 있고 외국 기업들도 믿고 투자할 여건이 됩니다. 물론 토지임차에 대한 대가는 특별행정구에 진출한 기업들이 지급할 것입니다."

"하하하! 정말 제가 생각했던 범주를 완전히 벗어난 요구를 하십니다. 하지만 나쁘지 않은 생각이십니다. 좀 더 구체적으로 말씀해 주실 수 있습니까?"

김평일은 내 이야기에 큰 관심을 드러냈다.

"특별행정구역 내에는 정보기술산업과 정유시설, 물류기지와 무역, 금융, 가공산업과 제조업 그리고 관광산업까지 함께 진행할 수 있게끔… 육상으로는 중국과 중앙아시아와 러시아를 연결하고 해상으로 중국과 일본, 동남아시아를 거쳐 유럽까지 특별행정구의 물건을 판매할 것입니다. 더 나아가 홍콩과 싱가포르의 금융시스템보다……."

특별행정구에는 관세와 세금을 최소화해 제조된 상품의 가격경쟁력을 최대한 높일 생각이다.

앞으로 경제가 활성화되는 중국보다도 더 발전된 곳으로 만들 수도 있었다.

"하하하! 강태수 대표님의 말씀만 듣고 있어도 신이 났네요. 그렇게만 된다면 정말 바랄 것이 없겠습니다."

김평일은 만족스러운 웃음을 토해내며 말했다.

"이 일을 하려면 북한에서 많은 부분을 내려놓으셔야 합니다. 더 나아가 이 일에 참여하는 주민들의 통제와 사상 검증으로 시간을 빼앗기지 않았으면 좋겠습니다. 그곳에서 일하는 사람들에게 완벽한 자유를 부여해야만 성공할 수 있습니다."

"말씀대로 특별행정구 내의 행정권은 그렇다 치더라도 사법권과 입법권까지 포기한다는 것은 공화국 내에서 쉽지 않은 일이 될 것입니다. 그런데 특별행정구를 운영하는 인물이 있어야 하지 않겠습니까?"

"예, 당연히 수장이 있어야 합니다. 그 인물은 북한 내의 인물이 아닌 국제적으로 신망이 있는 사람으로 선정해야 합니다."

"음, 제가 볼 때 이 일의 적임자는 강태수 대표님이신 것 같습니다. 만약 특별행정구가 강 대표님 말씀대로 시행된다면 책임지고 맡아주십시오. 그럼 제가 어떠한 일이 있더라도 지금의 이 제의를 현실로 만들어내겠습니다."

김평일이 역으로 나에게 제의를 해왔다. 사실 특별행정구의 장관을 생각해 보긴 했지만, 그 일은 너무 많은 시간을 빼앗길 수 있었다.

그러나 만약 내가 자치구 장관이 된다면 엄청난 이익이 내 호주머니에 굴러들어 올 것이다.

'현실적으로 북한은 두 지역을 모두 특별행정구역으로 받아들일 수는 없을 거다. 더구나 권력 다툼이 벌어지고 있는 지금 김정일과 보수파는 이 일을 찬성하지 않을 수도 있겠지……'

"좋습니다. 이 일을 들어주신다면 제가 맡아서 성공적으로 운영하겠습니다. 대신 말씀드린 모든 것들을 들어주셔야만 합니다."

승낙의 말을 꺼냈지만 송유관의 문제처럼 넘어야 할 산이 많았고, 몇 년이 걸릴 수도 있거나 아예 무산될 수 있는 일이었다.

"물론입니다. 공화국과 인민의 발전을 위한 일이라면 당연히 수용할 것입니다. 저는 왠지 송유관사업보다 특별행정구가 공화국에 더 큰 이득을 줄 것 같다는 생각이 듭니다. 앞으로 잘 부탁하겠습니다."

김평일은 손을 내밀어 악수를 청했다.

"남북한 모두가 이익이 되는 일이 되었으면 합니다."

나는 김평일의 손을 마주 잡으며 말했다.

*　　　*　　　*

이후 주석궁에서 김일성을 만나지는 못했다.

아마도 김평일이 김일성의 의중을 대신하는 것 같았다.

문제는 김정일이 어떻게 나오느냐였다. 김평일이 평양에 들어와 있는 것을 안다면 분명 가만있지 않을 것이 분명했다.

백화원 초대소로 돌아와 목욕탕 욕조에 물을 받고는 그 속에 잠겨 생각을 정리할 때였다.

김만철이 급하게 나를 찾는 목소리가 들렸다.

"욕실에 있습니다."

김만철은 곧바로 욕실 문을 열고 들어왔다. 뭔가 다급한 일이 발생한 것 같았다.

"김정일 당비서가 쓰러졌다고 합니다."

김만철의 입에서 전혀 예상치 못한 말이 튀어나왔다.

오늘 저녁 김정일이 주최하는 만찬이 있을 예정이었다.

김정일이 쓰러졌다는 소식뿐이지 그가 어떻게 되었는지, 현재 어떤 상태인지 알려진 것이 전혀 없었다.

그리고 북한을 방문한 대표단에 백화원 초대소를 벗어나지 말라는 통보가 전해졌다.

북한을 실질적으로 통치하고 있었던 김정일이었기에 북측 관계자들의 얼굴 표정에서 뭔가 큰일이 일어났다는 게 고스란히 드러나 있었다.

"설마 암살을 당한 것은 아니겠지요?"

"가능성이 없는 일은 아닙니다. 김정일에게 불만을 가진 인물들이 한둘이 아니니까요. 하지만 삼중, 사중으로 경호를 받는 상황에서 암살은 말처럼 쉽지 않습니다."

김만철의 말처럼 김정일이 이동할 때는 2호위부 소속의 경호원 백여 명이 항상 따라다니면서 24시간 밀착 경호를 한다.

또한 그가 머무는 숙소에는 300명이 넘는 무장경호원들이 지키고 있었다.

'김평일이 평양에 돌아오자마자 김정일이 쓰러졌다. 뭔가가 진행되고 있는 것 같은데……'

이 모든 일들이 즉흥적으로 벌어진 일이 아니라 각본에 따른 것처럼 느껴졌다.

현재 이 일 때문인지 백화원 초대소에서 남한으로 연결된 전화와 팩스가 모두 끊겼다.

박철재을 비롯한 정부 관계자들은 이 소식을 남쪽으로 전할 방법을 찾고 있었다.

"음, 만약 김정일이 회복되지 못한다면 김평일이 권력의 전면에 나설 수 있겠습니다."

나는 김만철과 티토브 정에게 김평일과의 만남을 말해주었다.

"말씀대로 김일성 주석이 밀고 있는 상황에서 김정일이 사라지면 김평일을 막아설 인물은 북한에는 없습니다."

"그렇겠지요. 김일성 주석의 아들을 대체할 만한 인물은 생각할 수도 없으니까요."

김평일 또한 김정일과 경쟁할 때까지 후계자 수업을 받았었다.

큰 기업이나 한 나라를 운영해 나간다는 것은 준비되어 있지 않으면 할 수 없는 일이었다.

"만약에 암살이라면 누가 벌인 일일까요? 아무리 권력투쟁이 일어났다고 해도 아버지가 아들을 헤치지는 않을 것 같은데."

"글쎄요. 김평일을 내세우기에는 그를 도울 만한 추종 세력이 너무 약화된 상태입니다. 말씀하신 대로 김일성 주석이 관련되어 있을 수도 있겠지만 두 사람의 관계는 그다지 나쁘지 않았습니다. 더구나 아들에게 독수를 쓸 정도로 권력에 집착하는 인물로는 보이지 않았습니다."

김만철은 한때 호위총국에도 근무한 적이 있었고, 그때 가까이에서 김일성과 김정일을 살펴볼 수 있었다.

'김만철의 말은 틀린 말이 아니야. 김평일이 일을 벌이기에는 외국에서 너무 오랫동안 시간을 보냈다. 그럼 암살이 아니라는 건가?'

머릿속에서 여러 가지 생각들이 떠올랐다.

"그럼 사고라고 보십니까?"

"김정일은 심각한 지병을 갖고 있지 않기 때문에 병으로 쓰러진 것은 아닐 것입니다. 사고라고 볼 수도 있겠지요. 제가 한번 알아보겠습니다."

"가능하십니까?"

"확답해 드릴 수는 없지만, 지금보다는 정확한 정보를 얻을 수 있을 것입니다."

김만철은 옛 동료에게 연락을 취하겠다는 말이었다.

"김 과장님의 신변에 위험이 생기는 것은 아니겠지요?"

"그리 위험하지는 않습니다. 저도 제 나름대로 이곳에서 괜찮은 인생을 살아왔습니다."

김만철이 이 정도로 말한다면 큰 문제는 없을 것이다. 그는 헤어진 자신 가족의 행방을 찾기 위해서 방북 첫날부터 바쁘게 움직였다.

"알겠습니다. 그럼 부탁하겠습니다."

"예, 좋은 소식을 가지고 오겠습니다."

김만철이 방을 나가자 나는 창가로 다가가 주석궁이 위치한 곳을 바라보았다.

울창한 나무로 가려져 보이지는 않았지만, 주석궁이 위치한 쪽의 하늘 위로는 비를 머금은 검은 먹구름이 다가오고 있었다.

*　　　*　　　*

보고를 받는 김일성의 표정은 담담했다.

"위기는 넘겼다고?"

"예, 하지만 깨어난다고 해도 언어 장애와 한쪽 팔다리를 쓰지 못할 수도 있어 정상적인 생활은 힘들 거라고 합

니다."

김일성에게 보고를 하는 인물은 그의 호위를 책임지고 있는 이을설 호위총국 총국장이었다.

이을설은 함북 출신으로 과거 동만주(東滿洲)에서 김일성의 연락병으로 따라다니던 인물로 김일성이 가장 신임하는 측근 중의 하나였다.

그는 올해 인민군 대장에서 차수로 올라섰다.

"후! 배후는?"

김일성은 한숨을 내쉬며 말했다.

"아직 조사 중입니다. 일을 벌인 범인은 곧바로 독약을 먹고 자살을 했습니다."

"어떤 일이 있던지 배후를 철저히 조사하라우."

"예, 알겠습니다."

대답을 하는 이을설은 침통한 표정이었다. 그는 전적으로 김일성의 안전을 신경 쓰고 있었지만, 호위총국장으로서 김정일의 안전도 그의 책임이었다.

문제는 김정일이 이을설이 추천한 인물을 배제하고 자신의 측근들에게 호위를 맡겼다는 것이다.

이을설이 밖으로 나가자 김일성은 전화를 들어 어디론가 전화를 걸었다.

"싹을 모두 자르라우."

그 말을 하고는 바로 수화기를 내려놓았다.

김일성은 천천히 의자에서 일어나 창밖을 바라보았다.

컴컴한 하늘은 당장에라도 폭우가 쏟아질 것만 같았다.

Chapter 11

　다음 날도 백화원 초대소를 벗어날 수 없었다.

　모든 일정은 취소되었고 어떤 소식도 외부로 전할 수 없는 상태였다.

　친절하게 우리를 안내했던 북한의 안내원들도 모두 새로운 인물들로 바뀌었다. 또한 백화원 초대소의 경비가 더욱 삼엄해졌다.

　오도 가도 못한 채 백화원 초대소 내에 머물게 된 박철재 정무장관이 강력하게 북측에 항의했지만 돌아오는 대답은 기다려 달라는 말뿐이었다.

몰래 백화원 초대소를 빠져나갔었던 김만철이 김정일에 대한 소식을 가져왔다.

그는 평양 시내의 모처에서 자신의 옛 부하를 만나고 돌아왔다.

"김정일은 복어 독에 당했다고 합니다."

"복어 독에요?"

복어 독은 대단히 독성이 강해 성인의 경우 0.5㎎이 치사량으로, 청산나트륨의 1,000배에 달하는 독성을 가졌다.

더구나 맛과 냄새가 없고 물에 잘 녹지도 않을 뿐만 아니라 열에 강하여 끓여도 파괴되지 않는다.

"예, 어제 점심때 먹었던 알탕에 복어 알이 들어간 것 같다고 합니다. 음식을 담당했던 요리사는 곧바로 자살했고, 지금 전방위로 관련자를 색출하는 작업을 벌이고 있다고 합니다. 만났던 친구도 거기까지만 알고 있었습니다."

"암살이라고 볼 수 있겠네요."

"예, 요리사가 실수해서 복어 알을 알탕에 집어넣지는 않았을 것 같습니다. 다른 인물들도 함께 알탕을 먹은 것 같은데, 김정일이 좀 더 위중한 상태인 것 같습니다."

김정일은 복어 독인 테트로도톡신에 민감한 체질을 가지고 있었다.

그 때문에 알탕을 함께 먹었던 인물들보다 더 과민하게

반응했다.

"만약 김정일이 죽는다면 김평일이 가장 득을 보는 것 아닙니까? 그가 의심받을 수도 있겠습니다."

"예, 김일성 주석을 빼고는 모든 사람을 조사할 것입니다."

'김평일이 이번 일을 잘 넘긴다면 그에게 권력이 넘어가겠지… 그렇다면 특별행정구도 현실로 다가올 수 있겠구나.'

변화의 바람이 더 빨리 북녘 땅에 불어닥칠 수도 있는 상황으로 바뀌고 있었다.

느낌상 김평일은 이번 일에 큰 영향이 없을 것 같았다. 쓰러진 김정일을 대신할 인물은 현재 김평일이 유일했기 때문이다.

"김일성 주석의 의도대로 김평일 전면에 나서면 김정일의 측근들이 힘들어질 수도 있겠습니다."

만약 김평일이 전면에 나선다면 그의 측근들이 겪었던 일을 김정일의 측근들이 경험할 것이다.

"김정일이 회복되지 않는다면 한바탕 큰 회오리가 몰아닥칠 것입니다."

김만철은 당연하다는 듯이 말했다.

그때를 맞추어 먹구름을 가득 먹고 있던 하늘에서 천둥

과 번개를 동반한 비가 세차게 내리기 시작했다.

*　　　*　　　*

박철재 정무장관이 이끄는 정부 관계자들은 회담을 이끌어갈 수 없다고 판단하여 철수를 결정했다.

나와 김우중 회장도 회사 업무를 위해서 더는 북한에 머물 수 없었다.

백화원의 관계자를 통해서 이 같은 결정을 통보했고, 하루가 더 지나고 나서야 백화원 초대소를 나설 수 있었다. 그러나 남한과 연결된 전화와 팩스는 아직도 불통이었다.

백화원 초대소에서 볼 수 있는 남한 방송에서는 김정일 당비서가 쓰러졌다는 소식을 알지 못하는지 북한과 관련된 소식을 전하지 않고 있었다.

처음 왔던 것처럼 육로를 통해서 남한으로 돌아가기로 했다.

큰 소득 없이 북한을 떠난다는 것이 아쉬웠지만, 김평일이 권력의 전면에 나서면 큰 변화가 있으리라는 것을 알고 가는 것이 그나마 소득이라면 소득이었다.

이 같은 사실은 오로지 나만 알고 있는 일이었다.

차량에 탑승해 백화원 초대소를 막 벗어나려고 하는 순

간이었다.

백화원 초대소 관계자가 차량을 세우고는 나를 급하게 찾았다.

"강태수 대표님은 남아주시길 바랍니다."

"뭐 때문에 그렇습니까?"

"그건 저도 잘 모르겠습니다. 상부에서 연락이 내려왔습니다."

백화원 초대소 관계자의 말에 뭔가 느낌이 왔다.

"알겠습니다. 한데 저만 이곳에 남는 것입니까?"

나는 확인하듯이 백화원 초대소 관계자에게 물었다.

"예, 강태수 대표님만 남아주시면 됩니다."

"잠시만 이야기를 좀 하고 오겠습니다."

나는 박철재 정무장관이 탄 차량으로 향했다. 그 또한 갑작스러운 일로 타고 있던 승용차에서 나와 있었다.

"북쪽에서 저만 남아 달라고 하는데 어떻게 해야 하겠습니까?"

방북 책임자인 박철재에게 형식상이라도 묻는 것이 나았다.

"도대체 무슨 꿍꿍인지 모르겠습니다. 강태수 대표님만 남아 달라는 것이 뭔가 이상하긴 한데. 혹시 아시는 것은 없으십니까?"

박철재는 나를 보며 물었다.

"저도 너무 뜻밖이라서 뭐가 뭔지 모르겠습니다. 전혀 아는 바가 없습니다."

박철재는 내가 김일성과 김평일을 만난 것을 모르고 있었다.

"음, 그러시겠지요. 김정일 당비서가 갑작스럽게 쓰러지고 나서 모든 일정이 틀어져 버렸으니. 강태수 대표님이 남으시면 이곳의 정보를 얻을 수 있는 기회가 됩니다. 힘드시겠지만 나라를 위한다는 마음으로 남아주셨으면 합니다. 제가 오늘 일은 꼭 보답하겠습니다."

박철재 정무장관이 부탁하지 않아도 나는 남을 생각이었다.

난 바로 대답을 하지 않고 잠시 뜸을 들였다.

"음, 할 수 없네요. 나라를 위한 일이니……."

"잘 생각하셨습니다. 대통령께도 제가 말씀드려서 강태수 대표님을 도울 일이 있으면 적극적으로 돕겠습니다. 여기 비상연락처입니다. 무슨 일이 생기면 이 번호로 연락하시면 됩니다."

박철재가 내민 메모지에는 청와대로 바로 연결되는 핫라인 전화번호가 적혀 있었다.

나는 박철재와 악수를 한 후에 다시금 백화원 초대소로

돌아갔다.

*　　　*　　　*

　내 숙소는 2호각 건물에서 1호각 건물로 바뀌었다.

　1호각은 대통령이나 수상 등 한 나라의 정상이 머무르는 곳이었다.

　그곳을 내게 내준다는 것은 날 특별하게 대접하겠다는 뜻이었다.

　3호각에 머물렀던 김만철과 티토브 정 그리고 룩오일의 니콜라이 이사까지 모두 한곳에 머물 수 있게 되었다.

　1호각으로 숙소를 옮긴 지 1시간 정도 지났을 때였다.

　내가 있는 1호각으로 두 사람이 날 찾아왔다.

　두 사람 다 내가 만났던 북측 인물이었지만 함께 찾아오리라고는 전혀 생각지도 못했었다.

　두 사람은 다름 아닌 김평일과 장성택이었다.

　장성택은 완벽하게 김정일의 사람이었다.

　그런데 김평일이 장성택과 함께 나타났다는 것을 어떻게 받아들여야 할지 감을 잡을 수가 없었다.

　"연락을 미리 드렸어야 했는데 상황이 여의치가 않았습

니다."

김평일은 나에게 미안한 마음을 전했다.

"아닙니다. 김정일 당비서께 불미스러운 일이 있었다는 것을 들었습니다. 건강은 회복하셨는지요?"

김정일의 생사가 무척 궁금했다.

"병원에서 치료 중에 계십니다. 이른 시일 안에 회복하실 것입니다."

김평일 대신해 장성택이 간단하게 대답했다.

"일전에 제게 말씀해 주신 특별행정구에 대해서 핵심간부들과 함께 심도 있게 논의를 했습니다. 여기 계신 장성택 국가보위부장 동지께서도 강태수 대표님의 특별행정구 계획에 적극적으로 찬성하셔서 함께 오게 되었습니다."

김평일의 입을 통해서 장성택의 지위가 달라진 것을 알 수 있었다.

김정일이 그렇게 요구했었던 국가보위부장직에 장성택이 올라선 것이다. 그것도 김정일이 병원에서 사경을 헤매고 있는 상황에서 말이다.

"이 이야기를 김평일 작전국장 동지에게 전해 듣고는 공화국에 꼭 필요한 일이라고 생각했습니다."

김평일도 지위가 달라져 있었다. 작전국장이라 하면 인민무력부 작전국의 국장을 뜻했는데, 작전국은 이전에 김평일이 부국장으로 몸담은 적 있던 부서였다.

인민무력부는 남한의 국방부에 해당하는 국방위원회 산하의 군사집행기구로서, 군 관련 외교 업무와 군수·재정 등 군정권을 행사하고 인민군을 대외적으로 대표하는 기관이었다.

총정치국, 보위사령부, 총참모부 모두 인민무력부 산하에 있었다.

김평일이 인민무력부 작전국 국장이 된 것은 북한군을 장악하기 위한 시발점이라고 볼 수 있었다.

나는 장성택의 말에 내가 대답을 하지 않자 김평일이 다시 입을 열었다.

"장성택 부장 동지는 믿으셔도 됩니다. 제가 평양에 무사히 들어올 수 있었던 것도 장성택 부장 동지의 힘이 컸습니다."

김평일의 말에 장성택이 김정일을 배신했다는 것을 알 수 있었다.

"솔직히 지금 제가 무슨 말을 해야 할지 모르겠습니다. 지금 상황이 어떻게 돌아가고 있는지 정확하게 알려주시면 고맙겠습니다. 그래야만 제가 올바른 판단을 할 수 있겠습니다."

북한에 제의한 사업을 진행하기 위해서는 북한 권력의

행방이 어떻게 되었는지를 알아야만 했다.

"갑작스러운 일들로 인해서 협의가 원만하게 이루어지지 않은 점에 대해서는 사과드립니다. 앞으로의 일들은 저와 여기 계신 장성택 부장 동지가 주축이 되어서 이끌어 갈 것입니다."

김평일은 자신감 있는 말투로 대답했다.

'김정일이 권력 선상에서 완전히 배제된 것인가? 아니면 아직 권력 다툼이 벌어지고 있는 건가?'

"혹시 다른 변동 상황이 발생하지는 않겠지요?"

"하하하! 물론입니다. 여기 계신 김평일 국장 동지께서 모든 일에 책임지실 것입니다. 주석 동지께서도 전적으로 김평일 국장 동지를 의지하고 계십니다."

장성택이 내 말에 호쾌한 웃음과 함께 대답했다. 그의 말을 빌리면 김일성의 확실하게 김평일을 밀고 있다는 이야기였다.

"잘 알겠습니다. 사업을 하는데 있어서 불확실성은 가장 피해야 하는 일이기 때문에 여쭤봤습니다. 제가 제의한 두 지역을 다 받아들이시는 것입니까?"

나는 김평일을 바라보며 물었다.

"우선은 신의주 지역을 먼저 특별행정구로 지정하여 일이 진행되는 상황을 보면서 나진 · 선봉 지역을 추가하는 것이 좋을 것 같습니다."

'음, 동시에 시행하기에는 부담이 될 수 있겠지…….'

"너무 일을 한꺼번에 서두르는 것도 문제가 될 수 있겠지요. 특별행정구역의 면적을 어느 정도나 생각하십니까?

"신의주 일대 44㎢를 특별행정구역으로 지정할 것입니다. 특별행정구역이 구체적인 성과를 이루어낸다면 위화도와 남신의주까지 특별행정구역을 확대할 생각입니다."

44㎢는 2.9㎢ 크기의 여의도 면적보다 15배나 넓은 면적이었다.

이성계의 위화도회군으로 유명한 위화도는 면적 11.2㎢이고 길이는 9㎞, 평균너비 1.4㎞이며 하안선(河岸線) 길이는 21㎞이다.

'44㎢라. 예상했던 것보다 2배나 넓은데? 그리고 위화도와 남신의주까지 확대된다면…….'

생각지도 못한 결과였다.

"44㎢면 상당히 넓은 면적이네요. 제가 생각했던 것보다 훨씬 더 큰 면적입니다."

"예, 송유관 설치와 특별행정구역 사업에 공화국의 역량을 모을 생각입니다. 이번 계기로 낙후된 공화국의 산업을 중국에 못지않게 끌어올릴 계획입니다. 강태수 대표님께서 많이 도와주셔야 합니다."

"물론입니다. 제가 제의한 일이니까요. 한데 전력 문제는 어떻게 하실 생각이십니까?"

북한에 가장 골칫거리 중에 하나가 전력난이었다.

전력, 석탄, 금속, 철도 등의 4대 선행부문은 북한이 경제 활성화를 위해 매년 강조해 온 분야였다.

구소련이 붕괴하면서 북한에 저렴하게 제공하던 원유 공급이 중단되면서 전력난이 더 심해졌다.

더욱이 중앙당에서 내려보내는 발전소용 부품과 자재들을 중간에서 빼돌리는 간부들이 상당수 존재했다.

그 때문에 북한에는 상당한 숫자의 수력발전소가 존재했지만, 관리 소홀과 부족한 부품으로 전력 생산이 원활하게 이루어지지 않고 있었다.

그리고 북한의 부족한 기술력과 자본 역시 큰 문제점 중 하나였다.

"전력 문제는 특별행정구역 내 토성리에 석탄과 중유 등 복합연료를 이용한 45만 킬로와트 규모의 급열식 화력발전소를 건설해 해결할 예정입니다. 그전까지는 압록강 수풍댐 수풍발전소에서 생산되는 전력을 우선적으로 공급할 것입니다."

장성택의 말이 사실이라면 북한은 특별행정구역에 상당한 애정과 관심을 드러내고 있다고 봐야 했다.

수풍댐은 발전 용량 80만 킬로와트를 자랑하는 북한의 최대 발전소였다.

"특별행정구역의 개발을 위해서는 도로나 항만 같은 인프라 구축이 필수적인데, 이에 대한 진행은 어떻게 하실 예정이십니까?"

신의주 특별행정구역 내의 개발은 내가 주도해 갈 수 있지만, 특별행정구역과 외부로 연결된 부분은 북한이 담당해야만 했다.

사실 신의주의 인프라시설은 나진·선봉 지역보다 뒤떨어져 있었다.

"현재는 국가계획위원회와 협의 중입니다만 먼저 2억 달러를 들여서 신의주와 평양 간 고속도로와 평의선철도(평양-신의주) 구간을 수리할 예정입니다. 또한 대성무역상사에서 1억 달러를 출자해 신의주항과 신의주 공항을 정비할 것입니다."

김평일은 짧은 시간 안에 구체적인 방안을 준비해서 온 것이다. 대성무역회사는 북한의 대외무역을 전담하는 회사 중의 하나였다.

"그럼 인력 수급은 어떻게 진행할 것입니까?"

인프라가 갖춰지고 생산시설이 완비된다고 해도 일할 수 있는 인력이 있어야만 했다. 현재 신의주에서 거주하는 인

원으로는 특별행정구에서 필요로 하는 생산인력에 미치지
못했다.

현재 신의주 일대에는 24만 명이 거주하고 있었다.

"산업 력군 25만 명을 새롭게 신의주로 이주시킬 것입니
다. 대신 특별행정구역에 피해를 줄 수 있는 신의주 거주
7,000세대를 인근 지역으로 이주시킬 것입니다."

장성택의 말은 한마디로 출신 성분이 나쁜 2만 5천~3만
명을 인근 도시와 농촌으로 대이동시키겠다는 말이었다.

특별행정구역에서 일할 25만 명은 출신 성분이 좋은 사
람들로 꾸려질 것이다.

'음, 이곳에서 살아가는 사람들이 피해를 보는구나. 그렇
다고 이것까지 문제 삼을 수도 없는 노릇이고……'

"알겠습니다. 그리고 제가 요구했던 대로 특별행정구역
내의 입법권, 행정권, 사법권은 모두 신의주 특별행정구가
행사합니까?"

나는 다시 한 번 신의주 특별행정구역 내의 자율권에 관
해서 이야기했다.

"물론입니다. 대신 외교권은 협의 체제로 두시고, 국방권
은 공화국이 갖는 거로 하시지요."

김평일의 말처럼 44㎢의 땅을 소유한 임시적 나라에서
군대를 보유한다는 것은 지나칠 수 있었다.

"좋습니다. 신의주 특별행정구역의 임차 기간은 언제까지가 좋겠습니까?"

"기간은 강태수 대표님의 의사에 맡기겠습니다."

'어느 정도의 기간이 좋을까? 50년 아니면 60년……'

"그럼 70년은 어떻습니까? 그 후에 다시금 추가로 계약하시지요."

"70년이라면 차라리 100년으로 통 크게 하시지요. 이왕이면 백년대계를 이룰 수 있는 기간이 좋겠습니다."

김평일은 오히려 내가 제시한 기간보다 더 긴 기간을 말했다.

'백년대계라……'

만약 북한이 신의주가 아닌 나진·선봉 지역을 특별행정구역으로 제시했다면 난 신의주를 먼저 개발하자고 하려 했다.

그 이유는 중국 때문이었다.

시간이 흐를수록 중국의 경제가 눈부시게 성장하는 것과 달리 북한 경제는 오히려 뒷걸음치는 모습을 보였다.

그러자 경제력을 앞세운 중국의 대북지배력이 강화되었고 북한의 대중국 경제 의존이 심화됨으로써 중국에 대한 예속화가 현실로 나타났다.

대중 무역 의존도는 2012년에는 88.3%에서 2013년에는

90%를 넘어섰다.

북한은 무연탄과 철광석 등 광물 자원을 중국에 헐값에 팔고는 원유, 곡물, 중간재, 생필품 등을 수입하는 데 막대한 돈을 쏟아 부어 만성적인 무역적자에 시달렸고, 2012년 대중 무역적자는 10억 4,300만 달러에 이르렀다.

북한에서 유통되는 물품의 대부분은 중국산으로, 북한의 화폐와 실물 경제 모두 중국에 좌우되는 상황이다.

이렇게 북한 경제가 급속하게 중국에 예속되면서 체제마저 위협받는 처지에 놓였다.

실제로 북한에서는 북한 화폐가 아닌 중국의 위안화가 시장을 장악했고 위안화가 물품을 사고파는 데 있어 기반이 되고 있었다.

그러자 중국의 동북 3성인 헤이룽장 성, 지린 성, 랴오닝 성에 북한이 들어가는 동북 4성론과 신식민지론이 제기되었다.

현실적으로 전혀 가능성이 없는 일이 아니었다.

중국은 북한에 정변이 발생하면 자국 기업의 보호라는 이유로 군대를 투입할 준비를 해놓고 있었다.

"알겠습니다. 그렇게 하시지요."

북한의 신의주 특별행정구역이 성공한다면 중국에 의존해 가던 북한 경제가 달라질 수 있었다.

아니, 역으로 신의주에서 만들어진 상품들이 중국을 파고들 수도 있었고, 중국 상하이의 푸둥지구와 같은 새로운 경제 지역으로 커 나갈 수 있다.

나는 두 사람과 함께 저녁까지 자리를 함께하면서 신의주 특별행정구역 내의 큰 뼈대가 될 수 있는 항목들을 하나씩 정해 나갔다.

우선 특별행정구역 내에는 개인 소유권 및 상속권을 보장하기로 했다.

또한 자체적인 화폐 금융시책 실시와 외화의 무제한 반·출입을 보장하기로 정했다.

특별행정구에는 상속세나 증여세, 부가가치세, 소득세 등과 같은 세금은 모두 배제하고 오로지 법인과 개인에 대한 소득세만 두기로 했다.

법인은 총이익 중에서 비용을 뺀 나머지 순이익의 15%를, 개인은 12%로 결정했다.

또한 신의주 특별행정구는 홍콩처럼 무관세에다 자유무역을 바탕으로 국제적인 금융과 무역, 상업, 공업, 첨단과학은 물론 오락과 관광지구로 개발해 나갈 것이다.

이를 위해서 김평일은 신의주 특별행정구 내에 올해와 내년에 10억 달러의 자금을 투자할 것이라고 알려주었다.

10억 달러는 김정일이 가지고 있었던 비밀자금이었다.

김평일과 장성택, 두 사람과 함께 신의주 특별행정구에 대한 큰 틀을 짰다. 그리고 나머지 세세한 법률적인 문제는 실무자들에게 일임했다.

북한에 송유관 설치와 관련되어서는 김달현 정무원 부총리와 회의를 했다.

신의주 특별행정구에 관한 일은 김평일과 장성택이, 송유관 설치는 김달현이 담당하는 분위기였다.

김정일 당비서와 연관된 인물들은 모두 이 일에 배제된 상황이었다.

그리고 얼마 후 김정일의 측근 중 하나인 연형묵 정무원 총리가 실각했다.

활발하게 움직이던 김정일의 모습이 드러내지 않자 북한 주민들 사이에서도 그의 건강이상설이 나돌았다.

나는 3일간 더 북한에 머물면서 특별행정구가 들어설 신의주를 방문했다.

신의주 방문에는 김평일 국장이 동행했다.

신의주 거리의 풍경은 남한의 70년대도 아닌 60년대를 연상시켰다.

신의주 거리를 가로지르면 두만강 앞쪽으로 중국과 연결된 신의주 철교(조중우의교)가 눈에 들어왔다.

다리 건너 중국의 단둥지역도 아직은 크게 발전한 모습이 아니었다.

"일본의 조선총련(조총련)에서도 신의주 특별행정구에 100억 엔을 투자할 것입니다."

김평일은 이번 일에 모든 것을 건 사람처럼 다양한 루트에서 자금을 끌어들이고 있었다.

"좋은 소식입니다. 사실 신의주 특별행정구가 성공하려면 많은 곳에서 투자가 이루어져야 합니다. 단순히 몇몇 기업이 주도한다고 해서 성공을 거둘 수는 없습니다."

"맞는 말씀입니다. 남한의 기업들이 적극적으로 투자해 주었으면 좋겠습니다."

"저 또한 그걸 바라고 있습니다. 일본 기업이나 미국 기업들도 좋겠지만, 이곳에서 남북이 함께 이익을 나눌 수 있는 것이 가장 이상적이니까요."

"그래야지요. 정말 말씀대로 중국이 일본을 넘어설 정도로 성장합니까?"

김평일은 두만강 건너편 중국의 단둥 시를 바라보며 내게 물었다. 지금은 단둥이나 신의주나 큰 차이를 보이지 않았다.

난 김평일에게 중국의 경제 성장과 관련된 이야기를 해주면서 앞으로 늘어나는 중국의 경제 규모가 일본을 따라

잡을 것이라고 말했었다.

지금의 일본은 사실 아시아에 있는 국가들이 넘볼 수 없는 기술력과 경제력을 가지고 있었다.

"예, 지금보다 앞으로 더 무섭게 성장해 갈 것입니다. 중국에서 만들어지는 물건들이 세계 곳곳으로 팔려 나가고 품질도 점점 나아지게 될 것입니다. 그걸 가능하게 만들고 있는 것이 중국 정부의 과감한 경제개방정책과 지원 때문입니다. 물론 저렴한 인건비도 한몫 거들고 있지요."

"저 또한 중국의 변화에 놀라움을 감추지 못했습니다. 공화국도 이젠 변화에 눈을 뜰 차례입니다. 저는 공화국도 늦지 않았다고 생각합니다."

김평일은 외국에 머물면서 북한의 현실을 바꾸지 않으면 미래가 없다는 것을 철저히 깨달았다.

"예, 신의주 특별행정구역이 성공적으로 자리를 잡는다면 충분히 중국을 넘어설 수 있습니다. 그러기 위해서는 북한 정부의 변함없는 의지와 지원이 함께해야만 합니다."

"제가 북한에 있는 한은 어떠한 일이 있어도 신의주 특별행정구역을 성공으로 이끌 것입니다."

김평일의 의지는 단호했고 거짓이 없어 보였다.

"그 말을 믿고 저도 열심히 일해 보겠습니다."

"저 또한 강태수 대표님을 믿고 열심히 앞으로 나가겠습

니다."

우리 두 사람이 바라보고 있는 신의주에 얼마나 놀라운 변화가 일어날지는 아무도 모를 일이 없다.

남쪽으로 내려올 때 김평일은 내가 부탁했던 일을 들어주었다. 그 일은 김만철 과장의 가족에 대한 행방이었다.

그의 가족은 회령 교화소에 수용되었다가 올봄에 석방되었지만, 행방은 알 수 없었다.

김평일은 내가 다시 북한으로 들어올 때까지 반드시 김만철 과장의 가족들에 대한 행방을 알아놓겠다고 했다.

Chapter 12

　남쪽으로 돌아오자마자 나는 노태우 대통령과 박철재 정무정관을 연달아 만났다.

　북한에서 제의한 신의주 특별행정구와 북한을 관통하는 송유관에 관한 이야기를 전했다. 또한 김정일이 현재 병원에 있다는 것과 김평일의 전면적인 등장에 대해서도 말해주었다.

　내 말에 두 사람은 매우 놀라워했고, 북한의 변화에 따른 대응책을 논의하기 위한 정부 고위관계자들이 참석하는 전략회의가 소집되었다.

그와 별도로 나 또한 바쁜 행보를 시작했다.

신의주 특별행정구에 대한 투자를 위해 국내 기업들을 방문해야만 했다.

제일 먼저 찾아간 곳은 대우그룹이었다.

대우는 북한의 남포공단에 대한 투자계획까지 세워둔 상황이었다. 이번 방북 기간에도 별도로 시간을 내어서 김우중 회장은 남포를 방문했었다.

"하하하! 대단하십니다. 어떻게 이런 조건을 받아 오셨습니까?"

김우중 회장은 내 이야기를 듣고는 기분 좋은 웃음을 내보였다.

"북한이 변화할 때가 된 것 같습니다. 그 시점이 저희 방북과 맞아떨어진 것이지요."

"그래도 이건 너무 파격적인 상황이라서 제가 놀라지 않을 수 없습니다. 더구나 이 일을 김평일이 주관하고 있다고 하니 더 놀랍고요."

"저도 제가 제의를 했지만 그걸 전격적으로 수용할지는 몰랐습니다. 북한의 의지는 확고합니다. 아직 김정일의 생사가 확인되지 않고 있지만, 북한 권력의 이동이 빠르게 이루어지고 있는 것으로 보였습니다."

"저희 같은 기업인이야 기업 하기 좋은 환경이 있다면 어디든 가야지요. 근데 문제는 정치하는 분들이 우리 쪽 생각과 다를 때가 많습니다. 이번 일은 정치적인 파급력도 상당하기 때문에 정부에서 쉽게 결정을 내릴지 모르겠습니다."

김우중 회장의 말처럼 지금까지 북한이 보여주었던 생색내기식의 사업이 아니었다.

북한 자체적으로도 상당한 투자가 이루어지는 대규모적인 사업이었다.

신의주 특별행정구가 성공적으로 자리 잡으면 개방정책을 적극적으로 펼치고 있는 중국과 대결구도로 갈 수 있었다.

북한은 중국 못지않게 인건비가 저렴한 것은 물론이고 서로가 통역 없이 말이 통한다는 훌륭한 강점을 지니고 있었다.

더구나 북한이 제공하겠다고 한 인력들은 중국의 농민공들과 달리 어느 정도 고등교육을 받은 상태였다.

"이 일은 어쩌면 남북한 모두에게 큰 기회가 될 수 있습니다. 지금 동서독이 서로 통일되어서 크게 기뻐하고 있지만, 양측 간의 경제력 차이와 문화적 이질감으로 인해서 상당 기간 큰 어려움을 겪을 것입니다. 남북한도 통일의 길에 들어설 때 독일처럼 경제력의 차이가 큰 걸림돌이 될 수도 있습니다. 신의주 특별행정구는 그 걸림돌을 완화하거나 제거할 수 있는 아주 좋은 기회입니다."

독일은 통일 비용을 처음에는 1조 마르크(500조)에서 2조 마르크(1000조)로 산출하였다. 그러나 독일 정부는 통일 이후 20년 동안 무려 2조 1000억 유로(당시 환율로 약 4,000조)를 통일과 사회재건 비용으로 동독에 투자해야 했다.

또 동서독 주민들의 생활수준이 비슷하게 되는 기간도 처음에는 3~5년으로 잡았으나 실질적으로는 약 20년이라는 시간이 소요되었다.

이렇게 통일 직후 들어간 방대한 돈으로 인해 독일 통일 후유증 가운데 가장 심각한 후유증이 바로 통일비용 부담으로 인한 경제적 후유증이라는 결과를 낳았다.

현재 북한과의 통일이 이루어지면 독일 정부가 투자했던 금액에 못지않은 비용이 소요될 수 있었다.

물론 통일 비용 못지않게 통일에 따른 혜택은 컸다. 들어간 비용의 배 이상의 효과를 낸 것이다.

엄청난 통일 비용을 감소시키기 위해서는 적어도 중국 정도의 경제 활성화가 북한에서도 이루어져야만 했다.

"음, 틀린 말씀이 아닙니다. 저희도 아시는 것처럼 남포에 대한 투자 검토를 적극적으로 하고 있었습니다. 문제는 신의주 특별행정구에 북한당국이 양질의 노동력을 제공할 수 있는가입니다. 더구나 주변 인프라 시설이 전혀 되어 있지도 않은 상황에서 공장만 덩그러니 만들어 놓는다면 아무것도 하지 못하는 경우가 발생할 겁니다."

"김평일 국장이 책임지고 25만 명의 노동인력을 이주시킬 것입니다. 신의주 내에도 적어도 5만 명의 노동력은 갖추고 있습니다. 인프라 시설에는 제가 확인한 것만 3억 5천만 달러가 투자됩니다."

"또 하나 제가 문제로 생각하는 부분은 북한 정권의 불안정입니다. 김정일 당비서의 행적이 묘연한 지금 김평일 국장의 말을 전적으로 신뢰하기에는 문제가 있습니다. 더구나 북측에서 공식적으로 신의주 특별행정구에 대한 발표가 아직 없다는 점도 고려해야 합니다."

김우중 회장은 김평일을 단 한 번도 만나지 못했다. 더욱이 청와대에서는 신의주 특별행정구에 대한 대책이 정해질 때까지 최대한 북한의 정보를 외부로 노출하지 말라는 부탁을 했다.

지금 이야기를 나누고 있는 김우중 회장에게도 전달하지 못한 이야기들이 있었다.

만약 김우중 회장이 김평일을 만났다면 생각이 달라질 것이다.

북한은 지금 남한 정부와 행보를 맞추려고 신의주 특별

행정구의 발표를 늦추고 있었다.

자신들만으로는 신의주 특별행정구의 성공을 이끌 수가 없었고, 나 또한 정부의 협조가 없으면 원활하게 신의주 특별행정구의 개발을 진행하기가 힘들었다.

"아마도 남측 정부와 사전 조율 작업이 들어간 후에 발표할 것 같습니다. 정부의 협조가 없다면 가장 큰 투자가 이루어지는 남한 기업들이 쉽게 움직일 수 없으니까요. 저는 김평일 국장에게 김일성 주석이 상당한 힘을 실어주고 있는 걸 느꼈습니다. 제가 북한에 머물 때 김평일 국장이 북한 정부에 요청하는 일들이 일 순위로 이루어지는 걸 보았습니다."

"김정일 당비서는 어떤 상황입니까?"

"그건 저도 확실히 알 수 없었습니다. 김정일 당비서에 관한 이야기는 상당히 말을 아꼈습니다. 하지만 그가 정상적인 상태가 아니란 것은 확실합니다."

"음, 그렇군요. 사실 제가 보았던 북한의 현재 모습은 우리의 70년대 수출드라이브 시기보다는 나은 듯합니다. 뭐, 경공업 제품은 상당한 수준이었고 관련된 숙련공들도 꽤 많았습니다. 교육 수준도 생각했던 것보다 높았고요. 문제는 북한이 신의주에 특별행정구에서 시행할 합영법을 강대표님 말씀처럼 진행하겠느냐는 것입니다."

김우중 회장조차도 신의주 특별행정구의 파격적인 투자 유치 조건이 과연 북한의 말처럼 이행될까 하는 의구심을 드러냈다.

김우중 회장이 말한 합영법은 북한이 서방의 자본과 기술을 도입하여 외국인의 투자를 활성화하기 위해 제정한 합작투자법이었다.

김우중 회장도 수차례 북한을 방문하여 김일성과 김정일을 만나 설득 끝에 끌어낸 것이 남포 경협합작사업이었다.

더욱이 북한의 최고 권력자들을 여러 번 만나고도 남포 합작사업은 일의 진행이 더디기만 했다.

대우는 남포에 2천만 달러를 투자해 대우단지를 세워 셔츠와 점퍼 등 섬유제품과 가방을 생산하는 경공업 공장들을 유치하려고 했다.

하지만 대우의 적극적인 행보와 달리 북한 당국의 움직임이 생각보다 더디고 느렸다. 더구나 남포합작사업의 최종 주체가 김정일이었지만 지금 그의 신변 이상으로 인해 사업이 더욱 불투명해졌다.

"물론 신의주 특별행정구는 갑작스러운 점이 없지는 않습니다. 하지만 지금까지 북한당국이 보여주지 않았던 파격적인 행보가 거침없이 진행되고 있습니다. 북한은 이미 특별행정구 공사와 관련된 건설장비들을 신의주로 이동시켰습니다. 더구나 이 일을 위해 신의주 특별행정구와 외부 구역에 상당한 거주지를 만들 예정입니다. 저는 이걸 대우에서 맡아주셨으면 좋겠습니다."

내 말에 김우중 회장의 표정이 바뀌었다.

대우건설과 함께 현대건설을 생각했지만 차기 정부와의 관계를 고려했을 때 정부의 협조를 받기 위해서는 대우건설이 나았다.

차기 정권이 들어서자마자 현대그룹은 고난의 시간을 보냈다.

"특별행정구에 거주하는 인원은 얼마나 예상하십니까?"

"35만~38만 명 정도를 예상합니다."

"음, 상당한 규모가 되겠군요."

"물론입니다. 거기에다가 업무용 빌딩과 호텔 그리고 첨단산업단지까지 들어설 예정입니다."

"하하! 대우건설만으로는 힘들겠습니다. 이참에 강 대표님께서도 건설회사를 하나 두시지요."

"건설사를요?"

"특별행정구에 상당한 규모의 건설사업이 진행되는데, 굳이 이걸 외부로 다 주실 필요는 없지 않습니까? 거기서 나올 이익도 상당할 텐데요."

김우중 회장의 말은 틀린 말은 아니었다. 상당한 규모의 투자가 이루어져야 하는 신의주 특별행정구와 관련된 건설 사업은 막대한 이익이 될 수 있는 사업이었다.

더구나 북한의 건설인력을 이용한다면 러시아와 중국 건설시장에도 상당한 이점을 갖고 진출할 수 있었다.

김우중 회장과 만남 이후 건설사에 대한 생각을 해보았다.

사실 건설회사를 굳이 운영하고 싶은 생각이 없었다. 아니, 생각조차 하지 않았다.

하지만 앞으로 신의주 특별행정구역 내에 지어지는 건물들과 공장들은 여의도에 15배나 되는 넓이에 들어설 것이다.

업무용 빌딩과 거주용 아파트, 호텔 등은 물론이고 특별행정구 내 도로와 관리 시설과 행정 시설들도 상당수 지어야만 했다.

정말이지 엄청난 건설 공사량이었다.

"음, 김우중 회장의 말이 틀린 말은 아니지. 닉스와 명성전자의 공장들도 만들어야 하니까……."

신의주 특별행정구역 내에 명성전자와 닉스 공장을 새롭게 만들 계획이었다.

또한 퀄컴과 합작으로 설립하기로 한 반도체공장도 특별

행정구에 둘 생각이다.

거기에 룩오일과 특별행정구의 치안을 맡게 될 코사크도 행정구 내에 입주할 예정이다.

앞으로 도시락과 블루오션뿐만 아니라 나머지 회사들도 신의주 특별행정구 입주를 검토할 것이다.

"유원건설이라……."

김우중 회장이 나에게 말해준 건설회사였다.

65년에 중반에 설립되어 해외 건설사업과 국내 토목공사에서 두각을 나타낸 중견 종합건설회사였다.

지난해 유원건설은 2천 3백억의 매출액과 20억 원의 경상이익을 내어 국내 도급 순위 40위에 오르기도 했다.

외형적으로 보면 상당히 건실한 회사였지만 올해 사장교(탑에서 비스듬히 친 케이블로 거더를 매단 다리)로 건설하던 팔당대교가 무너지면서 재시공에 따른 수백억 원의 직접적인 피해를 봤다.

거기에 관급공사와 사세 확장을 위해 백억 대의 TBM(터널 굴착기) 여덟 대를 무리하게 들여온 상황에서 터진 사고라 경영난이 가중되고 말았다.

경영 상태가 나빠지자 고급 인력이 하나둘 빠져나가고 신용마저 떨어져 5월 이후로는 공사수주를 못 하고 있었다.

대우의 주거래 은행이기도 한 제일은행에서 유원건설의

인수 의사를 대우건설에게 타진했다.

김우중 회장은 이런 유원건설의 인수를 나에게 제의한 것이다.

인수 조건은 주거래 은행인 제일은행에 빌린 기업대출금 1천 5백억의 승계와 경영권과 지분을 전량 넘기는 조건으로 50억을 요구하고 있었다.

유원건설을 인수할 자금은 충분했다.

문제는 건설업은 너무 생소하다는 점이다.

'그동안 쌓아온 건설 노하우와 보유한 건설 장비들을 보면 나쁘지는 않은데? 모스크바에 사무소도 있으니……'

유원건설은 국내 건설사 중에서 최초로 러시아에 진출한 건설회사였다.

윙! 윙!

유원건설에 대한 생각에 빠져 있을 때 삐삐가 울렸다.

처음 보는 낯선 번호였다.

수화기를 들어 삐삐에 적힌 번호를 눌렀다.

몇 번의 연결음이 들린 후에야 목소리가 들려왔다.

"삐삐 치신 분을 부탁하겠습니다."

─안녕하셨습니까? 대산의 이대수입니다.

삐삐를 친 사람은 다름 아닌 대산그룹의 이대수 회장이었다.

"안녕하십니까? 어떻게 제 번호를?"

이대수 회장에게 삐삐번호를 알려준 적이 없었다. 또한 그와 롯데호텔에서 인사를 나누었을 때도 연락처를 주고받지 않았다.

─제가 좀 여러 곳에 부탁했습니다. 기분이 나쁘셨다면 미안합니다.

"아닙니다. 한데 무슨 일로?"

─오늘 시간이 되시면 한번 뵙고 싶습니다. 신의주 특별행정구와 관련되어서 나눌 이야기도 좀 있고 해서요.

이대수 회장은 외부에 알려지지 않은 신의주 특별행정구에 대한 이야기를 꺼냈다.

'누가 알려준 걸까?'

아직 대우그룹의 김우중 회장 말고는 다른 사람들에게는 말을 꺼내지 않았다. 더구나 나는 정부의 공식 발표 이전까지는 김우중 회장에게 신의주 특별행정구에 관한 이야기를 외부로 하지 말아 달라고 부탁까지 했다.

"제가 어디로 가면 되겠습니까?"

어떤 의미로 내게 말을 건넨 것인지 알아야만 했다.

─조용히 이야기하기가 좋은 곳이 있습니다. 위치가…….

이대수 회장이 알려준 곳은 경관이 수려한 북한산 자락

이 자리를 잡은 도화정이라는 고급한식점이었다.

＊　　　＊　　　＊

저녁 7시. 김만철과 티토브 정과 함께 우이동에 위치한 도화정을 찾았다.

1만 평이 넘는 대지 위에 자리를 잡은 도화정의 위용은 일반 사람이라면 위압감을 느낄 정도로 정도로 멋진 모습이었다.

도화정에는 멋스러움과 고급스러움이 잘 드러나게 지어놓은 한옥 건물이 수십 채였다.

주차장 앞으로는 외제 승용차와 고급승용차들이 즐비하게 주차된 모습이 눈에 들어왔다.

입구에서 안내원에게 이름을 말하자 이미 예약이 되어 있는지 날 안쪽으로 곧바로 안내했다.

몇 개의 문과 건물들을 지나쳐 안쪽 깊숙한 곳까지 들어갔는데, 안내된 곳에는 영빈관이라는 건물이 있었다.

영빈관은 별채처럼 만들어진 건물로, 각종 화초들과 기암괴석들로 멋들어지게 정원까지 꾸며놓은 곳이었다.

영빈관에는 방이 두 개였다. 나와 함께 간 김만철과 티토브 정은 왼쪽 방으로 안내됐고 오른쪽 방은 나 혼자 들어가게 했다.

방 안에는 이미 대산그룹의 이대수 회장이 자리하고 있었다.

"어서 오세요."

이대수 회장은 일어나 나를 맞이해 주었다.

"먼저 와 계셨네요. 제가 늦은 것은 아닌 것 같았는데."

"하하! 아쉬운 사람이 당연히 먼저 와야지요. 강 대표님께서도 10분 먼저 오셨습니다."

이대수의 말처럼 약속 시각보다 10분 일찍 도착했다.

방 안에는 시중을 드는 여종업원이 있었다.

내가 자리에 앉자 여종업원은 내게 손을 닦을 물수건과 차를 내주었다.

"그럼 다행입니다."

"저녁은 아직 드시지 않으셨지요?"

"예."

"여긴 음식이 다 맛깔스럽고 먹을 만합니다. 따로 좋아하시는 것이 있으십니까?"

"아닙니다, 맛있는 음식은 뭐든지 다 잘 먹습니다."

"하하하! 그럼 입맛에 맞으실 것입니다. 내가 이야기한 거로 준비해 주세요."

이대수 회장은 여종업원에게 말을 했다.

"예, 그럼 바로 준비하겠습니다."

여종업원은 깊숙이 고개를 숙인 후에 밖으로 나갔다.

"강 대표님께서 북한에서 큰일을 하고 오셨다고 들었습니다."

"그렇게 큰일은 아닙니다. 송유관 문제에서 조금 더 나아간 것뿐입니다."

이대수 회장이 어디까지 알고 있는지 모르는 상황에서 함부로 이야기를 먼저 꺼낼 필요는 없었다.

원래는 대우그룹이 아닌 대산그룹이 북한을 방문하기로 했었지만, 북한의 요청으로 대우그룹으로 바뀌었다.

그랬기 때문에 북한 지역을 통과하는 송유관 관련 사항은 이대수 회장도 잘 알고 있었다.

"송유관도 아주 중요한 상황이지만 신의주 지역에 들어서는 특별행정구가 북한과는 별개의 지역이 된다는 말을 들었습니다."

'정부 관계자가 말을 전한 것인가? 김우중 회장은 아닌 것 같은데……'

"혹시 그 이야기를 누구에게서 들으셨는지요?"

나는 조심스럽게 물었다.

"하하하! 사업을 크게 하다 보면 여기저기서 귀동냥으로 듣는 소리가 많게 됩니다. 신의주에 대한 이야기는 제가 아주 신뢰하는 곳에 들었습니다."

이대수는 누구에게 전해 들었는지는 말하지 않았지만, 신의주 특별행정구에 관해 알고 있는 눈치였다.

"제게 어떤 이야기를 듣고 싶으신지요?"

"강 대표님께서 알고 계신 것을 좀 자세히 말씀해 주시면 저희 대산에서도 신의주에 투자를 하겠습니다. 제가 정보를 들은 곳은 제가 원하는 것을 알지 못해서 말입니다."

'대산그룹의 투자라… 어디까지 말을 해야 할까?'

절대로 나 혼자서는 신의주 특별행정구를 성공적으로 이끌어갈 수 없었다.

국내외로 상당한 투자가 이루어져야지만 특별행정구가 원활하게 움직이고 발전할 수 있었다.

대산그룹은 재계순위 3~4위를 다투는 그룹이었다. 더구나 상당한 현금을 사내유보금으로 가지고 있는 그룹이기도 했다.

"음, 어떤 부분이 가장 궁금하신지요?"

"신의주 특별행정구의 책임자가 누구입니까? 그리고 그 역할이 어느 정도인지 알고 싶습니다."

신의주 특별행정구를 책임지는 사람은 바로 나였지만 난 이 사실을 노태우 대통령을 비롯한 정부 관계자에게 말하지 않았다.

앞으로의 협상을 통해서 자연스럽게 내 이야기가 나오게 끔 하기로 김평일과 이야기를 나누었다.

사실 신의주 특별행정구 장관의 파워는 정말 막강했다.

44㎢의 전체 사업부지에 대한 배분은 물론 행정과 치안을 담당하는 인물에 대한 임명권을 가지고 있었다.

거기에 신의주 특별행정구에서 생활할 수 있는 주민권을 내어줄 수 있었다. 주민권을 소유한 사람은 특별행정구 내의 모든 권리를 행사하고 보호를 받을 수 있었다.

만약 특별행정구의 주민권을 가진 사람이 특별행정구를 벗어나 북한 내에서 범죄를 저질러도 북한은 자체적으로는 처벌권이 없었다.

한마디로 행정장관은 한국의 대통령보다도 더 막강한 권한을 특별행정구 내에서 행사한다고 볼 수 있다.

더구나 한국의 대통령이 5년 단임제인 거와 달리 신의주 행정장관은 스스로 물러나지 않는다면 25년간은 계속해서 권한을 행사할 수 있었다.

물론 25년이 지나도 북한과 협상을 통해서 행정장관을 수행할 수 있었고, 100년간은 안정적으로 운영할 장치를 마련해 놓았다.

'어떻게 말을 해야 하지……'

"책임자는 아직 정해지지 않은 것으로 알고 있습니다. 행정장관의 역할에 대해서는 특별행정구역 내에서 상당한 권한을 가진다고 들었습니다. 정부에서 예상하는 권한 이상이 될 것으로 알고 있습니다."

"음, 예상하는 권한 이상이라… 조금은 애매하게 들리는 말씀입니다."

"아직 확실히 정해진 것이 없는 상태라서 조심스럽게 말씀드린 것입니다. 남북한 양쪽 정부의 공식적인 발표 이후에는 더욱 명확한 것을 말씀드릴 수 있습니다."

"그럼 강 대표님께서는 신의주 특별행정구의 성공 가능성을 어느 정도로 보십니까?'

'성공 가능성이라…….'

신의주 특별행정구가 성공한다면 남북한은 경제적으로나 정치적으로나 큰 발전을 이룰 것이다.

"저는 성공을 확신합니다. 제가 자신 있게 말씀드릴 수 있는 것은 신의주 특별행정구에 진출한 기업과 그렇지 못한 기업은 시간이 갈수록 차이가 눈으로 확인될 거라는 겁니다."

"그 정도로 확신하시는 것입니까?"

"예, 북한은 신의주 특별행정구에 모든 것을 걸었다고 보시면 됩니다."

"음, 그렇다면야 대산도 신의주에 진출할 준비를 해야겠군요."

"어느 정도나 투자하실 것인지 여쭤 봐도 되겠습니까?"

"강태수 대표님을 만나기 전까지는 100억 정도를 생각했었습니다. 한데 지금 제 생각이 바뀌었습니다. 저희는 상황에 따라 5천억 정도는 투자할 용의가 있습니다."

대산그룹에서도 북한 진출에 대한 성공 가능성을 연구하고 전략적으로 다루는 경영 팀이 있었다.

결론은 북한이 만약 중국과 같은 조건으로 문을 개방한다면 중국보다도 성공 가능성이 훨씬 크다고 보았다.

저렴한 인건비에 양질의 노동력이 풍부하다는 것은 중국과 차이가 없지만 서로 언어가 통한다는 것이 무엇보다도 큰 장점이었다.

대산그룹은 올해 6월 상하이에 10억 달러를 투자한다고 발표했었다.

'5천억이라. 생각한 것보다 통이 크구나……'

"아마 정부 발표가 이루어지고 나면 많은 기업들이 앞다투어 신의주에 진출할 것입니다. 신의주 특별행정구를 누가 선점하느냐에 따라서 국내 기업들의 성장 동력에도 큰 영향을 줄 것입니다."

"하하하! 강 대표님이 운영하시는 기업체마다 왜 그렇게나 잘나가는지 무척 궁금했었는데 이제야 그 이유를 알 것

같습니다. 앞을 내다보고 남보다 먼저 움직이시는 혜안이
정말 대단하십니다. 사실 저희 나름대로 그동안 입수한 정
보를 바탕으로 그룹 내외의 전문가들에게 북한 진출의 성
공 가능성을 타진했었습니다. 결론은 성공 가능성이 불투
명하다는 것이었습니다. 한데 강 대표님은 저희와 다르게
신의주 특별행정구의 성공에 대한 확신을 갖고 움직이시는
모습이 참으로 인상적입니다. 그건 이미 강 대표님께서 충
분한 정보를 입수하고 검토를 모두 거쳤기에 가능하다고
봅니다. 그러한 능력을 갖추고 그걸 혼자서 해낸다는 게 정
말 놀랍습니다."

이대수 회장의 말처럼 남들보다 앞선 정보를 얻는다는
것은 뛰어난 능력이었다.

가치 있는 정보를 누가 먼저 선점하느냐에 따라서 기업
의 운명까지 달라질 수 있었다.

더구나 그의 말처럼 대산그룹에서 다방면의 전문가들을
동원하여 정보를 얻고 연구를 통해서 나온 결론조차 두루
뭉술한 부분이 있었다.

그만큼 북한에 대한 정보가 부족했고, 정치적인 문제도
복잡했기에 명확한 결론을 내리기가 어려웠다.

그런데 강태수는 신의주 특별행정구가 성공할 수 있다는
확신을 전했다.

대산그룹의 비서실은 강태수가 성공할 수 있었던 이유에 대해 다방면으로 조사했다.

그들은 남들보다 한발 앞선 정보를 바탕으로 한 탁월한 마케팅 전략을 성공의 원인으로 보았다.

어떻게 미래를 내다보는 듯한 정보를 얻는지에 대해서는 알아내지는 못했다.

이대수 그 비서실의 보고를 바탕으로 내 이야기를 들었던 것이다.

'음, 내가 상당한 정보를 갖고 있다는 것을 눈치챈 거 같은데? 이 양반도 보통은 아니구나…….'

이대수는 나와의 대화 속에서 신의주 특별행정구의 열쇠를 내가 쥐고 있다는 걸 알아낸 것이다.

Chapter 13

　이대수 회장과의 만남을 가진 지 정확히 3일 후, 평양과 서울에서 신의주 특별행정구에 대한 공식적인 발표가 있었다.

　특히 한국 정부 발표문에는 신의주 특별행정구에 진출하는 기업들에게 세제 혜택과 함께 금융 지원을 하겠다는 말을 덧붙였다.

　남북한이 어떤 합의를 했는지는 모르지만, 이전과 다른 정부의 태도였다.

　곧이어 신의주 특별행정장관으로 룩오일의 강태수 대표

가 임명되었다는 발표가 이어졌다.

국내 기업은 물론, 러시아와 일본 그리고 서방 기업에도 신의주 특별행정구역의 문을 활짝 열겠다는 발표문은 국내 신문 방송은 물론 외신을 통해서 세계로 전파되었다.

그때부터 닉스와 도시락은 물론이고 내가 운영한다고 알려진 회사들로 전화가 빗발쳤다.

또한 어떻게 삐삐 번호를 알았는지 모르는 번호들이 쉴 새 없이 찍혔다.

신문방송사의 기자들은 나를 만나기 위해 아예 작정하고 회사에 진을 쳤고, 가족들이 사는 집까지 찾아갔다.

나는 이런 일을 대비해 가족들 모두를 일본으로 여행을 보냈다.

다행스럽게도 기자들은 내가 송 관장의 집에 머물고 있다는 것은 알지 못했다.

"정말 오빠가 신의주의 장관이 된 거야?"

TV 뉴스를 보던 예인이가 날 보며 물었다. 뉴스에서는 나에 대한 간략한 약력을 내보내고 있었다.

"신의주 전체가 아니라 특별행정구역만이야."

"그래도. 여의도에 15배라며?"

"응. 그 넓은 곳에다 공장도 만들고 빌딩도 세워야 하는데, 앞으로가 문제지."

"그럼 왜 자꾸 문제를 만들어? 앞으로 더 얼굴 보기 힘든 것 아냐?"

그때 뒤에 있던 가인이가 볼멘소리로 물었다.

"지금보다 조금은 바빠지겠지. 그냥 군대에 입대했다고 생각하면 속이 편안할 거야. 그것보다는 얼굴을 자주 볼 수 있을 테니까."

난 북한에서 돌아오자마자 서울대에 휴학계를 제출했다. 이유는 산업특례병으로 군 복무를 대신하기 위해서였다.

"그걸 말이라고 하는 거야? 난 남들처럼 평범하게 함께하고 싶은 것뿐이야. 본인도 힘들어하면서 왜 자꾸 일을 만들어. 오빠는 지금도 먹고사는 데도 전혀 문제없잖아?"

가인이는 평소와 다른 모습을 나에게 짜증 섞인 말을 던졌다.

가인이의 말처럼 먹고 사는 데는 전혀 지장이 없었다. 아니, 지금 벌어놓은 돈과 보관 중인 금괴만으로도 자자손손 일을 하지 않아도 놀고먹을 수 있었다.

처음 강호, 신구와 함께 비전전자를 만든 것은 이전의 삶과 다르게 돈 걱정 없이 살고 싶은 마음에서였다.

하지만 지금은 돈을 떠나서 이 나라의 미래를 내가 살던 시대처럼 만들고 싶지 않다는 마음이 커졌다.

진정 돈이 아닌 사람이 재산이 될 수 있는 그런 환경으로 말이다.

"네 말이 맞아. 먹고사는 데는 전혀 지장이 없지. 한데 그게 전부가 아니라는 걸 요즘 들어서 많이 느끼게 되더라. 특히나 한국이 아닌 다른 나라들을 둘러보고 그곳에서 살아가는 사람들을 만나게 되니까… 뭐랄까, 내가 가지고 있었던 생각들이 좀 확장되었다고나 할까? 그냥 지금 이대로 돈만 벌고 편안하게 살기보다는 뭔가 의미 있는 일을 하고 싶은 그런 마음 말이야."

"무슨 말인지는 알겠는데, 지금 오빠가 하는 일들은 혼자서 감당하기에는… 후! 아니다. 그냥 난 힘들고 어려운 사람들을 오빠와 함께 돕고 봉사하는 일을 한다면 더 좋겠어."

가인이가 뭘 원하는지 잘 알고 있었다.

북한에서 돌아와서도 집에 머물지 않고 쉴 새 없이 사람들을 만나고 다녔다.

가인이와 함께하는 시간이 사실상 없었다.

"그래, 그것도 괜찮은 일이지. 내가 많이 미안하다, 신경을 써야 하는데……."

나는 가인이의 손을 잡으며 말했다.

"나 참, 할 말 없게 만드네. 오늘은 시간이 있는 거야?"

"물론이지. 무슨 일이 있어도 시간을 내야지."

"그럼 연극이나 보러 가자. 공짜 표가 생겼거든."

가인이는 호주머니에서 연극표를 흔들며 말했다. 연극반 출신인 가인이와 예인이는 방학 때가 되면 대학로를 자주 찾았었다.

"그래, 가자. 예인이도 같이 가는 거지?"

난 예인이를 보며 말했다.

"난 오늘 약속이 있어서. 둘이 재미나게 보고와. 심술 난 언니 마음도 좀 풀어주고."

"심술 난 게 아니야. 회사와 일에 남자친구를 송두리째 빼앗긴 것에 화가 난 거지."

"하긴, 결혼도 하지 않았는데도 남자친구 얼굴 보기가 하늘의 별 따기니."

예인이도 가인이의 말에 호응하며 고개를 끄떡였다.

"별은 밤이 되면 볼 수라도 있지. 태수 오빠는……."

"예! 예! 제가 죽을죄를 지었습니다. 오늘 제가 공주님처럼 받들어 모시겠습니다. 어서 나가시지요."

난 가인의 말을 중간에 끊고서는 소파에 앉아 있는 그녀의 손을 잡아 일으켰다.

가인이는 못 이기는 척 일어났다.

"옷 좀 갈아입고."

"너무 이쁘게 안 꾸며도 돼."

난 옷을 갈아입기 위해 방으로 들어가는 가인이에게 말했다.

"여자 친구가 예쁘게 하고 나가면 좋지 않아?"

예인이가 내 말에 대꾸하듯 물었다.

"좋은데 너무 꽃이 예쁘면 벌들이 날아들잖아. 그게 좀 성가셔서."

사실 가인이와 예인이는 지나칠 정도로 아름다웠다.

그러한 아름다움이 시간이 지날수록 더욱 완성되어 간다는 것이 더 치명적이었다.

"후후! 언니가 오빠랑 사귀고 나서 더 이뻐진 것 같아. 사실 학교에서도 오빠가 옆에 없어지니까 언니한테 대시하는 남자들이 많아졌다니까."

휴학계를 제출하기 전에도 일 때문에 일주일간 학교를 나가지 못해 가인이가 학교에서 어떻게 생활하는지 잘 모르고 있었다.

"음, 나한테는 아무 말도 없던데."

"그런 이야기를 할 시간을 오빠가 주지 않았잖아."

"후! 그랬구나. 오늘 잃은 점수를 좀 만회해야겠다."

"꼭 만회해. 파이팅!"

주먹을 쥐면서 날 응원하는 예인이의 미소는 정말 천만
불짜리였다.

'정말이지 남자들이 저 미소를 보면 참을 수가 없을 거
야.'

"알았어."

그때 방 안에 들어갔던 가인이가 옷을 갈아입고 나왔다.

가인이는 내가 외국에서 사다 준 검은색 가죽 재킷에 리
바이스 청바지를 입고 나왔다.

'실제 모델보다도 훨씬 났네.'

"이야! 잘 어울린다."

"와! 우리 언니지만 진짜 멋지다. 남자들만 아니라 여자
도 반하겠다."

나와 예인이가 동시에 감탄사가 나올 정도로 가인이에게
정말 잘 어울리는 스타일이었다.

"그렇게? 내가 봐도 조금 괜찮네."

가인이도 본인에게 만족한 모습이었다.

대학로로 가는 내내 사람들의 강한 시선을 느껴야만 했
다. 그 시선에는 남녀의 구별이 없었다.

가죽 재킷에 짧은 커트 머리의 가인이는 묘한 중성적인
매력으로 젊은 여자들의 시선도 끌어들였다.

대학로에 도착해서도 가인이에게 향하는 시선은 줄지 않았다.

가인이는 그걸 대수롭지 않게 여겼다.

"이래서 여자는 꾸며야 하나 봐."

"뭘?"

"너랑 학교 다닐 때도 이 정도는 아니었는데 말이야."

학교에 갈 때는 가인이나 예인이 둘 다 편하고 활동하기 좋은 옷을 즐겨 입었다.

그래도 어딜 가든 시선을 끌었다.

"피! 안 꾸며서 그렇지 나도 꾸미면 한 미모 한다니까."

가인이는 자신의 외모가 얼마나 뛰어난지를 스스로는 잘 모르는 것 같았다.

"내가 잘 알지. 그래서 조금만 꾸미라고."

"왜? 불안해서?"

"그래, 너무 예뻐서 불안하다."

"웃겨. 오늘따라 칭찬을 과하게 해주시고."

"아니야, 진짜로 예뻐서 그래."

내 말에 기분이 좋아졌는지 가인이는 팔짱을 끼며 내게 기대왔다.

"그냥 오늘처럼 이렇게 연극도 보러 오고 거리도 함께 건게 해줘 봐. 내가 옆에서 껌딱지처럼 떨어지지 않고 꼭 붙어 있을 테니까."

"그래, 앞으로는 어떻게든 시간을 내서 연극도 보고 영화도 함께 보도록 할게."

쪽!

가인이는 내 말이 끝나자마자 내 볼에 뽀뽀를 했다.

"뭐냐?"

"마음에 들어서."

날 바라보며 말하는 가인이가 이젠 없으면 안 될 존재라는 것이 확연히 느껴졌다.

가인이와 함께 본 연극은 '고도를 기다리며' 였다.

한적한 시골길에 서 있는 앙상한 나무 아래서 블라디미르와 에스트라공이라는 두 떠돌이 사나이가 실없는 행동과 부질없는 일들로 고도를 기다린다는 내용이었다.

지루한 기다림과 덧없음 그리고 지켜지지 않은 약속을……

연극을 보는 내내 많은 생각이 머릿속을 스쳐 지나갔다.

연극의 막이 내리자 나와 가인이는 열연을 한 배우들에게 열심히 박수를 쳤다.

"괜찮았어?"

극장을 나서면서 가인이가 물었다.

"정말 좋았어. 그동안 일 때문에 복잡했던 머리도 좀 정리되는 것 같아서."

"뭐 좀 먹을까?"

"그래야지. 뭐가 좋을까?"

"오빠랑 함께 먹으면 뭐든지 다 맛있어."

가인이는 내 손을 잡으며 말했다.

그 말 때문인지 우리는 약간은 허름한 주점에 들어가 해물파전을 안주 삼아 동동주를 마셨다.

한 동이, 두 동이를 비우더니 주점을 나설 때는 요강 크기만 한 항아리에 담아져 나오는 동동주 다섯 동이를 둘이서 비우고 나왔다.

나나 가인이나 적지 않은 취기가 올라왔다.

그래서일까? 우리 두 사람은 어깨동무하면서 노래까지 흥얼거리며 거리를 걸었다. 술기운 때문인지 지나가는 사람들을 전혀 의식하지도 않았다.

"오빠 우리 저거나 한 번 치고 갈까?"

가인이가 손으로 가리킨 것은 주먹의 세기를 숫자로 알려주는 길거리 펀치볼이었다.

펀치볼이 설치된 곳에는 몇몇 사람들이 주먹으로 펀치볼을 치고 있었다.

"좋아. 이긴 사람이 집에까지 업어주기."

술에 취해서일까? 말도 안 되는 내기를 걸었다.

"절대로 다른 말하기 없기다."

가인이가 술로 인해 벌겋게 상기된 얼굴로 말했다.

"남아일언중천금!"

"OK!"

펀치볼 기계 앞에서 술에 취한 남녀 둘이 호기 어린 내기를 벌이자 주변에 있던 사람들이 재미있다는 듯이 쳐다보았다.

동전을 집어넣고 펀치볼을 아래로 잡아당겼다. 펀치볼의 흔들림으로 주먹의 세기를 측정했다.

"나 먼저 한다."

내가 먼저 자세를 잡았다.

술에 취했지만 자신이 있었다. 중심을 잘 잡고 호기 있게 펀치볼을 향해 주먹을 뻗었다.

팡!

펀치볼은 큰 충격을 받은 것처럼 앞뒤로 요동치며 심하게 흔들렸다.

점수판의 점수가 위로 향하면서 지금까지의 최고 점수를 단숨에 갈아치웠다.

주변에서 구경하던 사람들도 다들 놀라는 모습이었다.

술에 취하지만 않았어도 불멸의 기록을 남길 수 있었을

것이다.

"하하하! 봤지? 아무리 너라도 힘들 것⋯⋯."

가인이가 아무리 대단하다고 해도 펀치력은 남녀 차이가 분명 있었다.

"난 발로 찰게. 잘못 치면 손이 까질 것 같아서."

"뭐냐? 똑같이 해야지."

"주먹으로만 친다고는 하지 않았잖아."

가인이의 말이 끝나자마자 펀치볼 주변에 있던 사람들이 '남자 놈이 쩨쩨하다'는 말과 함께 '정말 연약한 여자를 이기려고 하네, 정말 치사한 놈이다'라는 말이 내 귀에 들려왔다.

'이것들이 가인이가 어떤 사람인데⋯⋯.'

사실 가인이의 말처럼 주먹만 사용한다는 말을 하지 않았다.

'술도 알딸딸하게 취했는데⋯⋯.'

이곳까지 걸어오는 동안 가인이는 몸을 비틀대는 모습을 여러 번 보였었다.

"좋아! 해봐."

앞뒤로 흔들리는 펀치볼에게 힘을 주려면 정면을 차야 했다. 하지만 펀치볼을 발로 차는 사람들 대다수가 좌우로 찰 수밖에 없었고 점수도 잘 나오지 않았다.

더구나 공중에 달린 펀치볼이었기에 맞추는 데 급급했다.

가인이는 내 말이 떨어지자 허리를 위아래로 숙이는 스트레칭 동작을 펼쳤다.

구경하는 사람들은 가인이가 도대체 어떻게 펀치볼을 찰까 하는 궁금증에 사로잡힌 얼굴들이었다.

고개까지 좌우로 흔들며 몸을 푼 가인이가 펀치볼의 정면을 바라보면서 손가락을 들어 거리를 쟀다.

"뭐해? 빨리해. 기다리는 사람들도 있는데."

난 가인이를 재촉했다.

그때였다.

가인이의 발이 지면에서 떨어지는 순간, 상체가 앞으로 숙여지면서 몸이 360도 회전했다.

그리고 곧바로 굉장한 소리가 들려왔다.

파—앙!

가격당한 펀치볼은 물론이고 펀치볼 기계 전체가 흔들거렸다.

점수판의 숫자들도 빠르게 변해갔다.

이 광경을 목격한 사람들은 누구 하나 놀란 입을 다물지 못했다.

점수판에 모두 000이라는 숫자가 써질 때.

툭!

전후좌우로 광란하듯 움직이던 펀치볼이 바닥으로 떨어져 버렸다.

"뭐냐? 이거 왜 이래?"

가인이는 그게 문제가 아니었다. 점수판의 점수가 모두 0으로 표시된 것에만 신경을 쓰고 있었다.

한마디로 측정 불가였다.

'내가 잠시 괴물 같은 가인이를 술 때문에 잊고 있었구나…….'

사람들은 그제야 정신을 차리듯 술렁거렸다.

난 가인이의 손을 잡고는 빠르게 그곳을 벗어났다.

그때 우리 두 사람을 주시하던 매서운 눈 또한 우리 뒤를 따랐다.

집에 돌아오는 내내 가인이는 자신이 이겼으니 업으라는 소리를 했다.

물론 나는 그렇게 하지 않았다.

점수가 모두 '0' 으로 나와 정확히 날 이겼다고 볼 수는 없었다.

펀치볼 기계가 고장 날 정도로 무지막지한 발차기를 선보인 가인이가 정말 대단할 뿐이었다.

걸어오는 동안 내 머릿속에서 떠오른 것은 만약 결혼을 해서 부부싸움을 한다면 그건 정말 자살 행위라는 거였다.

웬만하면 모든 걸 참고 살 수밖에 없었다.

모든 걸 떠나서 가인이와 오랜만에 함께하는 데이트는 즐거웠다.

가인이를 업지는 않았지만 우린 꼭 붙어서 집으로 향했다.

"오빠, 아까부터 누가 따라오는 것 같은데?"

"나도 긴가민가했었는데. 저 앞쪽 갈림길에서 따돌리자."

나도 느끼는 것이 있었지만, 술기운 때문에 내가 과민하게 반응하는 것이 아닐까 하는 생각이 들었었다.

가인이의 말이 확신을 준 것이다.

내가 가리키는 두 갈래 길 중 하나는 막다른 길이었고, 지금 걸어가는 코너를 지나야만 보였다.

"지금이야!"

내 말에 가인가 무섭게 앞쪽으로 내달렸다. 나 또한 가인이를 따라서 달렸다.

우리는 막다른 길로 들어섰고, 누가 먼저라 할 것 없이 벽을 차고 올라 지붕 위로 올라섰다.

잠시 뒤, 두 명의 사내가 막다른 길로 뛰어들어 왔다.

"칙쇼! 반대편으로 갔다."

사내들은 막다른 길 주변을 살피더니 반대편으로 달려갔다.

한데 한 사내의 입에서 나온 말이 일본어였다.

"일본 사람들이 우릴 왜 따라다니지?"

가인이가 날 보며 물었다.

"글쎄, 나도 잘 모르겠는데."

나 또한 일본인으로 보이는 두 사람이 나와 가인이를 미행한 이유를 알 수 없었다.

우리는 왔던 길로 우회해서 택시를 타고 집으로 향했다. 더는 미행을 당하지 않기 위해서였다.

우리를 미행한 인물들이 누구인지는 모르지만 가인이는 오랜만에 나와 즐거운 시간을 보내서인지 별다른 이야기를 꺼내지 않았다.

하지만 난 그들이 누구인지 무엇 때문에 미행을 했는지가 밤새 마음에 걸렸다.

*　　*　　*

신의주 특별행정구에 대한 국민들의 관심이 뜨거웠다. 일반 국민들뿐만 아니라 기업들의 반응도 시간이 지날수록 뜨거웠다.

북한이 이전과 다르다는 것은 이후 행해진 조치로 알 수 있었다.

신의주 특별행정구에 대한 발표가 나오고 주변에 대한 인프라 정비 사업을 곧바로 시작한 것이다.

북한 TV에서는 김일성이 김평일과 함께 신의주 특별행정구역이 들어설 지역을 방문해 공사관계자들을 격려하는 모습을 내보냈다.

김평일의 공식적인 행보가 공개적으로 북한 대중들에게 처음 소개되는 장면이기도 했다.

국내 기업들은 신의주 특별행정당국에 내야 하는 합리적인 세금을 주목했다.

저렴한 인건비와 함께 세금 또한 적다는 것은 가격경쟁력을 갖출 수 있는 원동력이었다.

정부에서도 신의주 특별행정구에서 생산되는 국내 기업들의 제품들에 한해서는 별도로 추가적인 세금을 적용하지 않겠다고 발표했다.

대산그룹의 이대수 회장과 만났을 때 건넨 말처럼 신의주 특별행정구에 입주하는 기업과 그렇지 못한 기업의 차이가 분명히 발생할 수밖에 없는 상황이 된 것이다.

이 발표가 국내 기업들의 움직임을 바쁘게 했다.

나 또한 발표 이후 통일부는 물론이고 경제기획원과 재무부 관계자들과도 미팅을 가졌다.

정부 관계자들은 날 이전과 달리 회사를 운영하는 기업인으로 대하지 않았다.

남북한 정부의 발표대로 신의주 특별행정구의 장관으로 대했다.

그리고 오늘은 여권의 차기 대권주자 중에서 가장 앞서가고 있는 김용삼과 만남이 있는 날이었다.

야권에서도 날 만나기를 원했지만, 도저히 시간이 나지 않았다.

당연히 이번 대선에서 대권을 잡는 김용삼과의 만남을 우선할 수밖에 없었다.

그가 대통령이 되고 나서 현 정부의 대북정책을 바꿔 버릴 수도 있기 때문이다.

약속 장소는 대산그룹의 이대수 회장과 만났던 도화정이었다.

"어서 오십시오. 요새 아주 바쁘시지요?"

김용삼은 날 보자마자 악수를 청하며 물었다.

"아, 예. 준비해야 할 일들이 많아졌습니다."

"하하하! 그러실 것입니다. 듣던 대로 젊으십니다. 나도 대학 2학년 때 장택상 어른을 만나 정치에 입문했습니다.

우리 둘 다 닮은 점이 있습니다."

김용삼은 대학 2년 때 정부수립기념 웅변대회에서 장택상을 만났고 그 이후에 그의 비서로 발탁되었다.

그 후 김용삼은 만으로 25살인 1954년에 제3대 국회의원 선거에서 자유당의 공천으로 거제도에서 당선되었다.

남들보다 이른 나이에 정치를 시작한 김용삼과 스무 살의 나이에 기업인으로 생활하고 있는 것은 비슷하다고 할 수 있었다.

"듣고 보니 그렇기도 하네요."

"내 오늘 강태수 대표님을 처음 보지만… 아니지, 강 장관님이라고 불러드려야지요."

"아닙니다. 편하실 때로 부르셔도 됩니다."

"그래요, 호칭이 중요한 것은 아니니까. 하여간에 정부도 못 했던 일을 해낸 것은 아주 고무적인 일입니다. 남북한이 서로 힘을 합한다면 정말 어떤 나라도 무시할 수 없는 힘을 낼 수 있습니다."

"예, 맞는 말씀입니다. 제가 보는 견지에서지만 북한이 이제 현실에 눈을 뜬 것 같습니다. 김평일 국장이 공식적으로 전면에 나서면서 북한은 경제 분야에 집중하고 있습니다."

낙천적 성격을 가진 김용삼이었지만 그의 어머니가 1960

년 무장간첩에 의해 살해되자 북한과 통일 문제에 있어 보수적인 성향을 가지게 되었다.

북한의 변화를 김용삼이 알아야만 차기 정부에서도 원활하게 신의주 특별행정구에 대한 지원이 이어질 수 있었다.

"나도 그 점에 대해 정말 놀라고 말았습니다. 한데 김정일은 어떻게 되었습니까? 내가 듣기로는 병원에 입원해 있다고 하는데, 정확하게 알 수가 없으니 말입니다."

"저도 자세한 상황은 아직 모르는 상태입니다만 몸을 회복하는 데에 상당한 시간이 걸릴 것이라고 들었습니다."

"그러면 김평일이 김주석의 후계자가 되는 것입니까?"

김영삼은 자신이 궁금한 점을 연달아 물었다.

"가능성이 상당히 커졌다고 말할 수 있습니다. 하지만 아직은 여러 변수가 생길 수 있는 상황이라 확정적이라고 말할 수는 없습니다. 이번 신의주 특별행정구가 성공적으로 자리를 잡게 되면 그의 입지가 더욱 공고하게 자리를 잡는다고는 말할 수 있습니다."

신의주 특별행정구의 북측 책임자가 김평일이었고 그를 옆에서 돕는 인물이 장성택이었다.

만약 신의주 특별행정구가 실패하면 그의 입지가 크게 흔들릴 수 있었다.

그만큼 북한은 지금 신의주에 자신들이 가진 자금과 역량을 모두 쏟아 붓고 있었다.

"음, 김정일보다 합리적인 인물이라고 들었는데, 강 대표님이 보시기에는 어떻습니까?"

김용삼은 내 말에 고개를 끄떡이며 다른 질문을 던졌다.

"외국에서 오랫동안 생활해서인지 국제정세나 경제 흐름을 잘 이해하고 있었습니다. 한편으로 북한이 지금 뭐가 부족하고 남쪽보다 뒤떨어졌는지도 누구보다 잘 인지하고 있었습니다."

나는 지금까지 만났던 누구보다도 김용삼에게 북한에 대한 정보를 상세하게 전달해 주었다.

"그렇군요. 김일성 주석의 건강은 어떻습니까?"

"특별하게 이상한 점은 없었고 건강해 보였습니다."

"내가 대통령이 되면 김 주석이 내려오든가 내가 올라가든가 해서 남북정상회담을 추진하려고 하는데, 강 대표님의 생각은 어떻습니까?"

'음, 이전부터 정상회담에 대해 생각을 하고 있었구나……'

원래는 대통령 취임 1년 후인 94년도에 정상회담을 제의했었다.

"좋은 생각이십니다. 지금까지 남북한의 정상들이 단 한 차례도 직접 만나지 못했던 것이 서로에게 충분한 신뢰를 주지 못했던 것 같습니다. 최고 결정권을 가지신 분들이 사심 없이 허심탄회한 이야기를 나누신다면 지금보다 남북한의 관계가 더 가까워질 것입니다."

"그래서 말입니다만 이번 선거가 끝나면 김일성 주석을 한 번 만나볼까 하는데, 강 대표께서 자리를 한 번 마련해 주시겠습니까? 물론 내가 대통령이 당선되고 나서 일이지만 말입니다."

김용삼은 나에게 남북정상회담과 관련된 가교 역할을 부탁했다.

그가 무슨 생각을 가지고 김일성을 만나겠다고 하는지는 알 수 없었다.

하지만 달라지고 있는 북한의 변화를 감지한 김용삼이 남북한의 정상회담을 통해서 무언가 큰 틀을 만들려고 하는 것이 아닌가 하는 생각이 들 뿐이었다.

실제로 김용삼은 대통령이 된 후 적극적으로 남북정상회담을 열려고 했으며, 구체적인 회담 일정까지 잡아두는 진전을 보기까지 이른다.

김일성이 갑작스럽게 죽지만 않았다면 남북한은 큰 변화를 이루어냈을지도 모른다.

"현 정부와는 관련 없는 일입니까?"

"물론입니다. 지금 이 사람들은 아직도 날 물어뜯어 흠집을 내기 위해 혈안이 되어 있습니다. 자신들이 누리고 있는 권력을 다음 정권까지 끌고 가려고 말입니다. 난 절대 그걸 용납할 수 없습니다. 다행히 한종태 사무총장과 같이 생각 있는 인사가 정민당에도 있어서 다행이지만 말입니다."

박철재 정무장관과 한종태 사무총장은 정민당에서 가장 큰 계파를 형성하고 있었다.

한종태 사무총장의 김용삼에 대한 지지 선언으로 정민당의 대권주자는 김용삼으로 압축되었고, 박철재와 함께 김용삼에 맞서 대통령 후보가 되려 했던 박태준과 이종찬도 뒤로 물러날 수밖에 없었다.

김용삼은 현재 한종태 사무총장을 크게 신뢰하고 있었고, 한종태 사무총장을 정민당의 차기 대통령으로 마음에 담아두고 있었다.

강태수는 모르고 있지만, 한종태가 만약 김용삼의 지원으로 다음 대통령이 된다면 역사는 달라질 것이고 큰 변화를 맞이할 것이다.

그의 뒤에는 검은 하늘인 흑천이 자리를 잡고 있었기 때문이다.

*   *   *

김용삼과의 만난 후 나는 곧장 제일은행 본점이 있는 회현동으로 향했다.

대우그룹의 김우중 회장에게서 유원건설에 대한 인수제의를 받고 나서 제일은행과 몇 번 접촉을 가졌었다.

현재 유원건설은 더욱 심각한 상태가 되어 있었다. 불행의 연속인지 또 다른 교량공사장에서 사고가 발생해 사망사고까지 발생한 것이다.

팔당대교에 이어 이번에 터진 사고는 유원건설에게 결정타였다.

사고 수습에 들어가는 비용은 물론이고 이번 달 말에 교환이 돌아오는 10억 원짜리 어음을 막을 수 없는 실정이었다.

문제는 일주일 후에도 30억짜리 어음이 돌아온다는 것이다.

주거래 은행인 제일은행은 더는 추가 대출을 해주지 않겠다고 통보했다.

사채시장도 유원건설의 사정을 알게 된 후부터는 높은 이자에도 전혀 돈을 융통할 수 없게 되었다.

나는 제일은행에 빌린 기업대출금 1천 5백억이란 금액이 적지 않아 인수를 보류하기로 한 상태였었다.

한데 급하게 어제 제일은행에서 연락을 받았다. 유원건설의 부채를 조정할 의사가 있다는 연락이었다.

만약 유원건설이 부도를 맞는다면 제일은행은 큰 손해를 피할 수 없었다.

유원건설이 담보로 맡긴 본사 건물과 아파트 부지, 그리고 건설 장비들을 처분한다고 해도 1천 5백억을 회수할 수 없었다.

부도 이전에 유원건설을 처리해야만 그나마 제일은행은 손해를 줄일 수 있었다.

나는 제일은행에서 주현노 변호사와 임철우 세무사를 만났다. 그리고 소빈뱅크 서울지점의 지점장인 야쉬코프도 불렀다.

두 사람은 국내에서 운영하는 기업들의 법률적인 문제와 세무 문제를 전적으로 책임지고 있었다.

또한 소빈뱅크 서울지점은 러시아 정부의 공식 지정 은행으로 러시아와 관련된 전반적인 상황을 모두 처리했다.

러시아 정부나 러시아에 진출한 한국 기업들 그리고 한국에 진출한 러시아 기업의 송금과 환전이 대부분 소빈뱅크를 통해 이루어졌다.

"검토는 해보셨습니까?"

"제일은행에서 건네준 서류는 대략적인 사항들이었습니다. 유원건설의 자산초과부채, 영업권, 현금 흐름 등을 실사 조사하려면 적어도 3개월 이상은 걸릴 것 같습니다."

임철우 세무사의 말이었다.

"제일은행에서 이번 주 내로 처리하고 싶어 하는데, 얼마가 적당할 것 같습니까?"

"저희가 검토한 바로는 2~3백억 원은 충분히 가격 협상을 할 여지가 있습니다. 부도가 발생하면 그보다 가격이 더 내려갈 테니 말입니다. 문제는 다른 금융권인데, 부채가 1백 5십억 정도 있습니다."

주현노 변호사의 말처럼 유원건설이 부도가 나면 유원건설이 진행하는 모든 공사가 중단되게 된다.

그러면 유원건설은 점점 더 회생하기가 힘들어질 수 있었다.

부도를 막고 신규자금이 투자되어야만 신용이 유지되고 새롭게 공사를 수주할 수 있었다.

"그 정도는 예상하였습니다. 유원건설이 발행한 어음은 어느 정도입니까?"

"하도급업체 40여 개에 지급해야 할 공사 대금 1백 2십억 원과 자재납품업체 50여 곳에 발행한 75억 원 정도로 추산하고 있습니다."

"음, 생각보다 많네요. 그러면 유원건설이 받기로 한 공사 대금은 얼마나 됩니까?"

"올 하반기에 사우디아라비아에서 공사 대금 3백억 원과 도로공사에서 1백억 원 정도가 들어옵니다. 나머지는 내년 상반기에 대부분 몰려 있습니다. 금액은 대략 5백억 정도 됩니다."

"음, 올해만 잘 넘기면 되겠네요. 자금은 준비해 두었지요?"

나는 야쉬코프를 보며 물었다.

"예, 말씀하신 대로 한국 돈으로 1천 5백억 원을 준비했습니다."

"좋습니다. 그럼 잠정적으로 유원건설을 인수하는 거로 하시지요. 제일은행이 모든 주도권을 쥐고 있으니까, 나머지는 제일은행의 협상에 맞춰서 따라올 것입니다. 자, 그럼 협상을 하러 가실까요?"

내가 자리에서 일어나자 세 사람이 내 뒤를 따라나섰다.

유원건설을 인수하게 되면 이제는 정말 중견기업으로 불릴 수밖에 없는 위치에 서게 된다.

유원건설을 바탕으로 신의주 특별행정구는 물론이고 러시아와 중국에도 진출할 계획이었다.

러시아에서 북한으로 이어지는 송유관 공사도 유원건설이 맡게 될 것이다.

『변혁 1990』 18권에 계속…

초대형 24시 만화방

신간 100%, 샤워실, 흡연실, 수면실(침대석), 커플석, 세탁기 완비

▪ 강북 노원역점 ▪

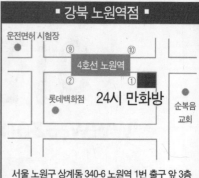

서울 노원구 상계동 340-6 노원역 1번 출구 앞 3층
02) 951-8324 (화용빌딩 3층)

▪ 일산 정발산역점 ▪

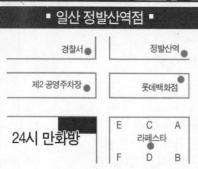

라페스타 E동 건너편 먹자골목 내 객잔건물 5층
031) 914-1957

▪ 일산 화정역점 ▪

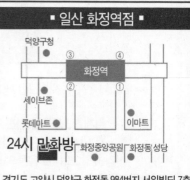

경기도 고양시 덕양구 화정동 984번지 서일빌딩 7층
031) 979-4874 (서일사우나 건물 7층)

▪ 부천 역곡역점 ▪

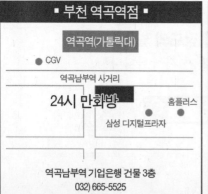

역곡남부역 기업은행 건물 3층
032) 665-5525

▪ 부평역점 ▪

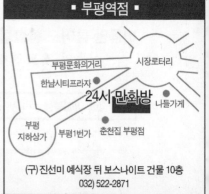

(구) 진선미 예식장 뒤 보스나이트 건물 10층
032) 522-2871

허담 新무협 판타지 소설
FANTASTIC ORIENTAL HEROES

신력을 타고났으나 그것은 축복이 아닌 저주였다.

『십자성 - 전왕의 검』

남과 다르기에 계속된 도망자의 삶.
거듭된 도망의 끝은 북방 이민족의 땅이었다.
야만자의 땅에서 적풍은 마침내 검을 드는데……!

"다시는 숨어 살지 않겠다!"

쫓기지 않고 군림하리라!
절대마지 십자성을 거느린
적풍의 압도적인 무림행이 시작된다!

paráclito

빠라끌리또

FUSION FANTASTIC STORY

가프 장편 소설

막장 비리 검사가
최고의 검사로 거듭나기까지!
그에겐 비밀스러운 친구가 있었다.

『빠라끌리또』

운명의 동반자가 된 '빠라끌리또'가 던진 한마디.

-밍글라바(안녕하세요)!

그 한마디는 막장 비리 검사, 송승우의
모든 것을 통째로 리뉴얼시켜 버렸다.

빠라끌리또=Helper, 협력자, 성령.

Book Publishing CHUNGEORAM

유행이 아닌 자유추구 -
WWW.chungeoram.com

철백 新무협 판타지 소설
FANTASTIC ORIENTAL HEROES

大武

대
무
사

피와 비명으로 얼룩진 정마대전의 종결,
그리고…

"오늘부로 혈영대는 해산한다."

혈영대주 이신.
혈영사신(血影死神)이라끄 불리는 그가
장장 십오 년 만에 귀향길에 올랐다.

더 이상 전쟁의 영웅도, 사신도 아니다!

무사 중의 무사, 대무사 이신.
전 무림이 그의 행보를 주목한다!

Book Publishing CHUNGEORAM